Usch Luhn

Good Luck Fashion

PINK • Ein Imprint von Oetinger Taschenbuch

Außerdem von Usch Luhn bei **PINK** erschienen:

River Girl
River Love
Kiss me, Cookie!

PINKpressum

PINK • Ein Imprint von Oetinger Taschenbuch

1. Auflage 2015

Originalausgabe

Umschlaggestaltung: Zero, München
unter Verwendung eines Motivs von
© FinePic, München
Druck: GGP Media GmbH, Pößneck
ISBN 978-3-86430-038-7

FSC www.fsc.org MIX Papier aus verantwortungsvollen Quellen FSC® C014496

www.pinkupyourlife.de

01

BLOGTIME

»**HI, LEUTE!** Seit gestern bin ich fünfzehn, und das ist mein erster Eintrag auf meinem **nigelnagelneuen Blog**. Viel Ahnung habe ich nicht, wie so was funktioniert. Aber inzwischen ist ja jedes Vorschulkind online.

Nur meine Eltern nicht ☺. Was ich in meinem Blog schreibe, lesen sie garantiert nicht. Während mein Tagebuch, oder was ich sonst irgendwo hinkritzle, nicht wirklich vor ihnen sicher ist. Traurig, aber wahr. Dabei sind sie sonst ganz okay. Nur ein wenig hinterm Mars. Eltern eben. Und deshalb haben sie furchtbare Angst, dass mit mir irgendwas Schlimmes passieren könnte. Keine Ahnung, was das sein sollte. In Wahrheit ist jeder Tag in meinem Leben cooler als der Tag davor. Denn in drei Jahren werde ich achtzehn, und dann kann ich endlich tun und lassen, was ich will. YEAH!!!

Jetzt gerade kann ich leider nicht machen, worauf ich Lust habe. Noch länger hier rumschwafeln, zum Beispiel. Ich kriege nämlich Deutsch-Nachhilfe, von Luka aus der Elften. Er soll meine Rechtschreibschwäche bekämpfen und meine Phantasie ankurbeln, damit ich bessere Klassenarbeiten schreibe und nicht ständig auf einer Vier rumkrebse. Wenn überhaupt.

Oh Mann. Phantasien habe ich jede Menge, wenn ich in Lukas blaue Augen gucke. Er sieht nämlich supergut aus. Die gesamte Mittelstufe ist in ihn verknallt. Natürlich interessiert er sich überhaupt nicht für mich.

Kein Wunder. Ich kann ja nicht mal das Wort Rhabarber richtig schreiben. Ist aber auch echt tricky mit den h's und den r's und überhaupt. Wie soll man sich denn in so einem Wort zurechtfinden? Luka hat damit natürlich keine Probleme. Die Mädels in seiner Klasse munkeln, dass er gerade einen Roman schreibt. Sogar einen Verlag hat er angeblich schon.

Also auf zu Luka. Dabei knallt draußen die Sonne unverschämt heiß vom Himmel. WANN BITTE SIND ENDLICH FERIEN??? Ich sterbe fast vor Sehnsucht nach einer Runde Schwimmen im See.

Na dann, see you. Bis ganz bald.

Den Blog hat mir übrigens meine allerbeste Freundin Suse zum Geburtstag geschenkt. Extrem cool, oder? Sie ist bestimmt auch die Erste, die meinen

Eintrag liest. SUSIE, I LOVE YOU! Du bist echt der Knaller. Bis später!
Eure Larifari (eigentlich Larissa).«

Perfekt!

Larissa jagte den Blogtext noch schnell durch das Rechtschreibprogramm, bevor sie ihren Computer zuklappte und ihren Rucksack nahm. Mist, schon halb fünf. Bevor sie aus ihrem Zimmer rannte, warf sie noch einen prüfenden Blick in den Spiegel. AHHH! Sie blieb stehen. Wie war denn der fette Fleck auf ihre himmelblaue Schmetterlingshose geraten? Sah aus wie Kettenschmiere.

Lars! Die kleine Ratte.

Bestimmt hatte ihr Bruder wieder an ihrem Fahrrad rumgefummelt. Er war völlig verrückt nach Fahrrädern, und obwohl er erst acht war, übernahm er sämtliche Wartungsarbeiten der Räder, die im Haushalt der Familie Wolbeck herumstanden. Wenn es darum ging, Larissas pinkes Fahrrad blitzblank zu wienern oder ihre Vorderlampe zu reparieren, hatte sie nichts dagegen. Nur wenn er mit so fettigem Zeug wie Kettenschmiere hantierte, wurde Larissa wirklich sauer. So wie jetzt!

Sie riss ihre Zimmertür auf und brüllte die Treppen hinunter: »LARS! KOMM SOFORT HER.« Sie rieb verzweifelt auf dem hellbraunen Fleck herum. Aber das machte es nur noch schlimmer.

»Ist bei Swantje zum Schwimmen«, antwortete ihre Mutter eine Etage tiefer. »Musst du nicht langsam los?«

Na toll. Larissas Bruder vertrieb sich die Zeit bei seiner Klassenkameradin Swantje im Pool, und bestimmt hatte Swantjes Mutter Kuchen gebacken. Diesen leckeren Kuchen mit *R*, den Larissa nicht mal schreiben konnte. Ihre eigene Mutter hatte für so was keine Zeit. Sie musste arbeiten. Nee. Sie **wollte** arbeiten. Das war ihr wichtig, betonte sie bei jeder Gelegenheit.

Auch einen Pool gab es in der Familie Wolbeck nicht, nicht, weil sie sich keinen leisten konnten, sondern weil ihre Eltern keinen Wert auf so ein *Protzding* legten. Okay. Schwimmen im See machte sowieso mehr Spaß.

Und auch sonst gab es eigentlich keinen Grund für Larissa, über ihre Eltern zu meckern. Larissas Mutter sprach super Englisch und übersetzte englische Thriller. Das kam richtig gut an. Ihr Vater war Matheprofessor an der Uni. Nicht so ein Langweiler. Ein echt toller Typ, der sogar noch beim Fallschirmspringen Kurvendiskussion mit seinen Studenten machte. Und was richtig toll war: Larissa hatte dasselbe Mathetalent. Das Talent, mit Zahlen zu jonglieren, hatte sich von ihrem Vater auf sie übertragen.

Larissa öffnete ihren Kleiderschrank und wühlte nach Ersatz für die dreckige Hose. In Kürze stapelte sich ein Kleiderberg vor ihr auf dem Teppich.

»Oh Mann. Wo ist denn die grüne?«, stöhnte Larissa genervt. Sie guckte aus dem Fenster in den Garten. Auf der Wäscheleine hingen jede Menge Hosen und T-Shirts, die alle Larissa gehörten. Die meisten Sachen hatte sie sich selber genäht. Auch die grüne Sternchenhose war dabei.

Larissa hatte eine Idee. Sie öffnete eine mit Stoff beklebte Kiste, die neben ihrem Bett stand. Darin befanden sich Stoffreste. Sie nahm einen knallgelben Flicken heraus und schnitt mit einer Spezialschere, die Zacken fabrizierte, frei Hand einen riesigen Schmetterling aus. Dann zog sie ihre Hose aus und tackerte den Schmetterling mit roten Klammern einfach über dem Kettenschmierefleck fest.

Larissa hielt die Hose ins Sonnenlicht und betrachtete zufrieden das Ergebnis. Nicht schlecht! Sie schlüpfte zurück in die Hose.

»Larissa! Bist du immer noch hier? Was glaubst du, für wen wir die Nachhilfe bezahlen?« Ihre Mutter stand plötzlich mitten im Zimmer und blickte ärgerlich auf das Chaos auf dem Fußboden. »Was soll das? Modenschau, oder wie? Du bist hübsch genug für eine Deutschstunde. Aber der Schmetterling auf deiner Hose sieht witzig aus.« Sie zeigte auf den gelben Flicken.

Larissa verdrehte die Augen. »Alles gut«, versuchte sie ihre Mutter zu beruhigen. »Lars hat meine Hose verdreckt, besser gesagt, ich habe die Hose verdreckt, weil Lars mein Fahrrad verdreckt hat. Und die grüne ist noch nass. Also habe ich den Schmetterling schnell auf den Schmutzfleck gepappt.« Sie hob ihren Rucksack auf. »Jetzt muss ich aber wirklich los, sonst komme ich zu spät.« Sie warf ihrer Mutter einen Luftkuss zu und hastete aus der Tür. Ein bisschen sehr nervig, dass ihre Mutter sie immer noch wie eine Grundschülerin behandelte. Larissa hatte bisher nicht wirklich eine Lösung gefunden, wie sie ihrer Mutter klarmachen konnte, dass sie sich nicht in alles einmischen musste. Na, egal. Sie hatte jetzt wirklich andere Sorgen und holte schnell ihr Fahrrad aus der Garage. Sie musste unbedingt noch ein paar Minuten Verspätung aufholen.

Kopfschüttelnd sah ihre Mutter Larissa aus dem Fenster hinterher, wie sie über die Auffahrt davonraste. »So eine wilde Hilde«, murmelte sie. »Und Aufräumen wäre auch mal 'ne Option.« Sie machte sich über den Kleiderberg her. Sorgfältig faltete sie jedes einzelne Teil, bevor sie es zurück in den Schrank legte. Dabei betrachtete sie einige der offensichtlich selbst genähten Stücke und lächelte leise in sich hinein. Als sie fertig war, ging sie in ihr Arbeitszimmer, um noch ein paar Seiten zu übersetzen, bevor Lars vom Schwimmen zurückkam.

02

LARISSA RADELTE in Höchstgeschwindigkeit los. Luka war immer genervt, wenn sie nicht pünktlich war. Auch wenn er ihr mit jeder gelangweilten Regung seines Luxuskörpers zu verstehen gab, dass er sie nicht mehr wahrnahm als einen lästigen Fussel auf seinem Shirt, bestand er darauf, die fünfundvierzig Minuten Nachhilfe von der ersten bis zur letzten Minute durchzuziehen.

Wenn Larissa also zu spät kam, durchkreuzte sie seine Pläne, was seine **quality time** danach anging. Und Luka hatte garantiert wieder was vor. Er könnte locker jede Minute bis Mitternacht mit Schülerinnen der Sophie-Scholl-Gesamtschule verbringen. Aber das wollte er anscheinend gar nicht. Trotzdem war er immer unterwegs. Was er wirklich in seiner Freizeit machte, war allerdings ein großes Mysterium.

Es hatten sich bereits ganze Mädchentrauben heimlich an seine Fersen geheftet, um genau das herauszufinden, aber Luka hatte sie alle abgehängt. Er war nicht Mitglied in einem Sportverein, ging nicht ins Fitnessstudio (obwohl er einen makellosen Körper hatte), traf sich mit keinem Mädchen und auch mit keinem Jungen.

Meist stieg er nach der Schule in die U-Bahn am Nollendorfplatz und verschwand spurlos. Es sei denn, er versuchte Larissa und anderen Glücklichen die richtige Schreibweise des Wortes *Rhabarber* beizubringen.

Nachdem Larissa einen Trupp schwatzender Touristen, die den Fahrradweg als Spazierweg benutzten, weggeklingelt hatte, drei Fahrradkuriere überholt hatte und den Hohenzollerndamm in Höchstgeschwindigkeit entlanggebrettert war, kam sie mit einem neuen persönlichen Rekord von fünfundzwanzig Minuten und fünfzehn Sekunden total verschwitzt am Winterfeldplatz an. Dort wohnte Luka in einer riesigen Altbauwohnung im vierten Stock. Ganz in der Nähe ihrer Schule.

Larissa brauchte trotz ihres tollen Rennrads deutlich länger als ihre Mitschüler zur Schule, wenn ihre Mutter sich nicht erbarmte und sie mit dem Auto fuhr, was ungefähr jeden zweiten Tag der Fall war. Larissa war eine Langschläferin und kam morgens einfach nicht in die Gänge, sosehr sie sich auch anstrengte.

Trotzdem war sie dankbar, dass sie die Gesamtschule in Schöneberg besuchen durfte. Die Sophie-Scholl war einfach deutlich cooler als die spießigen Gymnasien im Grunewald. Dort wohnte Larissa mit ihren Eltern in einem schönen alten Haus, das bereits ihren Großeltern gehört hatte.

Das Haus war eine Mischung aus **Villa Kunterbunt**

und **Lebkuchenhaus**, mit einem Hauch **Dornröschen** – denn die gefüllten Teerosen, die ihre Oma angepflanzt hatte, umrankten das Haus bereits bis zu ihrem Balkon im zweiten Stock.

Ab und zu wünschte sich Larissa ihre Gesamtschule in den Grunewald oder das Knusperhäuschen an den Winterfeldplatz. Aber meistens war alles ziemlich perfekt, bis auf die Angstschübe ihrer Eltern, die sich Larissa nicht so recht erklären konnte.

Luka here stand auf der Klingel.

Die Wohnung seiner Eltern hatte nämlich zwei Eingänge, weil es früher einmal zwei Wohnungen gewesen waren. Deshalb hatte Luka eine eigene Klingel und eine eigene Wohnungstür.

Larissa atmete durch und drückte auf die Klingel.

»COME IN!«, rief Luka in die Gegensprechanlage.

Larissas Herz raste. Luka hätte mit ihr auch das Wetter von morgen oder das Telefonbuch erörtern können. Allein seine Stimme faszinierte sie.

Der Türdrücker summte, und Larissa öffnete. Schnell schob sie ihr Rennrad in den Hof und schloss es an den Fahrradständer an. In Berlin waren im vergangenen Jahr 26 217 Fahrräder gestohlen worden, hatte ihr Vater ihr letzte Woche aus der Zeitung vorgelesen.

So. Jetzt musste sie es nur noch die vier Treppen bis nach ganz oben unters Dach schaffen. Das war das Einzige, was Luka und sie gemeinsam hatten. Sie wohnten beide ganz oben.

Luka erwartete sie schon.

»Hey«, sagte er und sah auf seine Uhr. »Haben dich Eichhörnchen überfallen und dein Fahrrad gekidnappt, oder warum bist du neunzehn Minuten zu spät?«

Sehr witzig. Larissa hasste es, wenn Leute sich über sie lustig machten. Besonders, wenn sie Luka hießen. Sie wohnte nämlich im Eichhörnchensteig im Grunewald. Im Grunewald zu wohnen, galt nicht als besonders cool, wenn man aus Schöneberg kam. Das war ungerecht, fand Larissa. Sie mochte das Haus ihrer Großeltern, den frischen Geruch des Waldes und das aufgeregte Geklapper der Amseln. Sogar ein Kuckuck rief ab und zu. Auch wenn im Grunewald die Bürgersteige bereits nach der *Tagesschau* hochgeklappt wurden, wie ihr Vater immer sagte. **In Schöneberg ging die Party dann erst richtig los.**

Ohne Larissas Antwort abzuwarten, ging Luka voraus in sein Zimmer und setzte sich an den modernen Schreibtisch aus Plexiglas, der mitten im Raum stand.

Ungewöhnlich. Schreibtische standen normalerweise an der Wand oder waren zwischen zwei Schränke gequetscht oder wurden, wie bei Larissa, ans Fenster geschoben, sodass man sich jederzeit ablenken und nach draußen schauen und seine Hausaufgaben vergessen konnte.

Sie beeilte sich, ihm zu folgen. »Logistische Probleme«, piepste sie. »Ich hatte logistische Probleme. Sorry.«

Im selben Moment versank sie fast im Boden. Warum hörte sie sich immer an wie eine Sechsjährige bei der Einschulung, wenn sie mit Luka sprach? Ich bin fünfzehn, sagte sie sich im Kopf vor. Ich bin fünfzehn und so cool, dass die Jungs aus meiner Klasse kreidebleich werden, wenn ich sie mit meinem vernichtenden Blick streife, ich bin so obercool, dass Benni Weihnachten sein Wakeboard verwettet hat, dass es bis zu den Sommerferien keinem Jungen aus der Klasse gelingen würde, mich zu küssen, und recht hat er. Ich bin nämlich die Coolste von allen und bestimme, wer mich küsst, wann und wo.

Gegen einen Kuss von Luka hätte sie nichts einzuwenden, aber der war ja leider nicht interessiert.

Larissa räusperte sich unsicher und versuchte, nicht auf ihrem Stuhl hin und her zu rutschen. Sie hatte sonst eher eine tiefe Stimme, nur ausgerechnet dann nicht, wenn sie mit Luka sprach. Sie versuchte es noch mal. »Bisschen Stress einfach.« Hörte sich an wie kurz vor dem Ertrinken. Larissa schnappte nach Luft.

Luka runzelte die Stirn. »Okay. Wir müssen heute aber pünktlich Schluss machen. Ich habe was Wichtiges vor.«

Larissa hob interessiert den Kopf. Das war neu. Noch nie zuvor hatte Luka die Stunde früher beendet. Larissa schwankte zwischen Erleichterung und Bedauern. Und **Neugier**.

Wo wollte Luka denn hin?

»Kein Ding«, sagte sie beiläufig und musste sich fest auf die Zunge beißen, um nicht zu fragen, was hast du denn vor, und vor allem: mit wem?

Luka nickte. »Dachte ich mir. Also, was liegt an?«

Dachte ich mir, dachte ich mir. Wie doof war das denn? Es zeigte Larissa, dass Luka keinen blassen Schimmer hatte, was sie wirklich über ihn dachte, und irgendwie ärgerte sie das. Und weil sie zu spät gekommen war, konnte sie heute nur sechsundzwanzig Minuten mit Luka zusammen sein. Wovon bereits fünfeinhalb Minuten um waren.

»HALLO! LARISSA. TRÄUMST DU? WAS LIEGT AN?« Luka trommelte ungeduldig den Takt eines Songs, den sie nicht kannte, auf die Tischplatte.

Larissa schreckte hoch. »Gedichte«, stotterte sie. »Also, Lyrik. Genau genommen, Songtexte. Wir sollen uns einen deutschen Song aussuchen, den wir besonders mögen, und ihn dann interpretieren.«

Luka sah sie überrascht an. »Das finde ich super. So was hat unser Lehrer nie mit uns gemacht. Hast du schon einen im Auge?«

Larissa nickte. »*Eisberg*«, sagte sie. Sonst nichts.

»Ach!« Jetzt schaute Luka wirklich wie vom Donner gerührt. »**Den** *Eisberg?* Von Andreas Bourani? Aus dem Album *Staub und Fantasie*?«

Larissa nickte wieder. »Genau.«

Luka schüttelte den Kopf. »Echt? Das hätte ich dir gar nicht zugetraut.« Er schwieg und sah Larissa vielleicht zum ersten Mal überhaupt richtig an. »Den *Eisberg*. Cool!«

Er guckte an die Decke und summte:

»Bin wie ein Eisberg hart und unverletzbar.
Ich treib alleine auf dem Meer.
Nehm jede Welle ohne Mühe.
Aber mein kaltes Herz schlägt schwer.«

Er sah Larissa an. »Ungefähr so, oder?«

Larissa schluckte. Das hörte sich verdammt gut an. Gab es eigentlich etwas, das dieser Junge nicht konnte? Doch, beantwortete sie sich die Frage selber. Mathe. Das hatte Suse herausgefunden, als sie einen Jungen, der bei ihr im Handball war, nach Luka ausgefragt hatte. Aber das war wirklich so was von egal.

Warum soll sich jemand, der so viele Talente hat, mit Mathe herumschlagen?

Oder umgekehrt gefragt: Was hatte Larissa davon, dass sie ausgerechnet eine Mathe-Hochbegabung hatte? Absolut nichts, außer einer super Note. Und die hätte sie tausendmal lieber in Deutsch gehabt. Um mit Luka über Goethes *Werther* oder über *Tschick* oder *Schneewittchen und die sieben Zwerge* zu diskutieren.

Ach ja. Sie konnte ja doch etwas, und das machte sie sogar sehr gern: Nähen! Raupenstich, Fagottstich oder Blindstich waren für Larissa eine Kleinigkeit.

Allerdings bezweifelte sie, dass sie damit bei Luka punkten konnte.

Er würde sie für total durchgeknallt halten, wenn sie darüber ein Gespräch anfangen würde. Das war nun mal Fakt. Sie seufzte tief.

»Larissa?« Luka holte sie aus ihren Gedanken zurück. »Irgendwie bist du heute extrem abwesend. Hast du Ärger mit deinen Eltern, oder so was? Was ist jetzt mit dem *Eisberg*?« Er sah sie fast besorgt an.

Larissa summte in sich hinein:

Vielleicht wird's morgen für mich regnen.
Und irgendwann ergeb ich mich.
Wenn wir uns je wieder begegnen,
Dann zeig ich dir mein wahres Ich.

Aber sie wäre lieber tot umgefallen, als diese Zeilen laut auszusprechen. Stattdessen sagte sie: »Verdammt heiß heute, oder?« Und sie hatte plötzlich wirklich das Gefühl, dass sie gleich ohnmächtig über ihren Deutschordner sinken würde, wenn Luka sie noch eine Sekunde länger anstarrte. Verzweifelt fuhr sie sich mit der Hand über das Gesicht, um den Zauber, mit dem er sie ganz offensichtlich verhext hatte, wegzuwischen.

Luka lächelte plötzlich. »So ganz durchschaue ich dich ja nicht. Bist du nicht das Mädchen mit der Mathe-Hochbegabung? Vielleicht liegt es daran. Zahlen verwirren mich irgendwie. Mit Buchstaben komme ich besser klar.«

Larissa schüttelte den Kopf. »Nein, so ist das nicht wirklich«, krächzte sie heiser. »Die Sache mit mir und Mathe wird echt überschätzt. Mein Vater hat einfach schon mit mir gerechnet, als ich noch ein Säugling war. Das ist das ganze Geheimnis.«

Nähen ist mir viel wichtiger als Mathe, wollte Larissa sagen. Und das macht mir auch viel mehr Spaß. Aber sie traute sich nicht.

Luka lachte. »Ach so. Na, dann bin ich ja beruhigt. Dann müssen wir also nur noch das Buchstabenchaos in deinem Kopf auf Vordermann bringen.« Er stand auf. »Aber nicht heute. Ist nicht dein Tag, und ich will los.« Er sah auf seine Armbanduhr. »Wir holen die Zeit nach, okay? Und inzwischen denkst du über den *Eisberg* nach.«

Damit war die Nachhilfestunde beendet.

»Du findest ja alleine raus, oder? Ich muss mich noch schnell umziehen.« Ohne sie weiter zu beachten, öffnete er eine Schiebetür. Dahinter befand sich ein Ankleidezimmer.

Larissa blieb wie angewurzelt stehen. Wie cool. So ein extra Zimmer für ihre Klamotten wünschte sie sich schon ewig. Sie beobachtete Luka, wie er sich ein blütenweißes Hemd nahm und es gegen sein ärmelloses Shirt tauschte.

Das verwirrte sie noch mehr. Sie kannte keinen Jungen, der Hemden trug. Noch dazu in Weiß. Der Stoff, das sah sie auf den ersten Blick, war Eins-a-Qualität. Und das Hemd stand Luka super. Er sah gar nicht spießig darin aus, sondern extrem stylish.

Luka drehte sich um. »Ist noch was?«

Larissa zuckte zusammen. »Nee, alles klar. Ich wollte nur noch … also, wegen dem *Eisberg* – ich soll ein Referat darüber schreiben.«

Luka lächelte sie aufmunternd an. »Kein Ding. Das kriegen wir hin. Versprochen!«

»Okay, tschüs!«, rief Larissa und lief die Treppe runter, zu ihrem Rennrad, entfernte das Schloss und raste zurück in den Grunewald. Diesmal brach sie ihren Rekord schon wieder um fünfundzwanzig Sekunden. Sie verstaute das Fahrrad in der Garage, rief ihrer Mutter ins Arbeitszimmer »BIN WIEDER DA!« zu und verzog sich schnell in ihr Dachzimmer.

03

GERADE ALS LARISSA ihren Computer aufklappte, um ihren Blog zu checken, meldete sich Suse per SMS:

Skype Time?

Larissa antwortete sofort:

Yes!

Larissa aktivierte das Programm.

Suse hatte es sich mit einer riesigen Portion Schokoeis mit Cookies auf ihrem Sofa bequem gemacht und den Computer auf einem wackeligen Stapel Bücher vor sich aufgebaut. Sie winkte Larissa mit ihrem Eislöffel fröhlich zu. »Hey, Lari«, rief sie. »Erzähl. Was hatte er heute an, wie sah er aus?«

Larissa seufzte. »Hör bloß auf. Ich sterbe immer noch, wenn ich daran denke. Ich hab mich mal wieder extrem danebenbenommen.« Sie beschrieb die Nachhilfestunde bei Luka und gestikulierte dabei wild. Gerade als sie bei dem weißen Hemd angelangt war, unterbrach Suse sie.

»NEIIIIIN!«, kreischte Suse. »Du erzählst mir jetzt nicht im Ernst, dass du Luka dabei zugeguckt hast, wie er sich umgezogen hat. WIE PEINLICH BIST DU DENN DRAUF!«

Larissa schüttelte den Kopf. »Aber doch nur das Hemd. Was ist denn da dabei? Unsere Jungs in der Klasse rennen auch ständig ohne Oberteil herum.«

Suse kicherte. »Ja, schon. Aber das sind ja auch noch Babys. Luka ist siebzehn! Hat er dich nicht sofort rausgeschmissen?« Sie schob sich den Eislöffel vor Aufregung zu tief in die Kehle und kriegte einen so heftigen Hustenanfall, dass ihr die Tränen über die Wangen liefen. »Die Sache ist wirklich mehr als tragisch«, prustete sie mit Mühe heraus. »Dich hat's ja voll erwischt. Das ist kaum mit anzusehen. Du musst die Stunden sofort abbrechen. Das geht schlimm aus, das sage ich dir.«

Larissa seufzte. »Machst du Witze? Meine Eltern erzählen mir was anderes. Ich habe mich im Grammatiktest immerhin um zwei Punkte verbessert.«

Suse löffelte den letzten Rest Eis aus ihrem Becher und schleckte ihn mit der Zunge aus. »Süße, mir kannst du doch nichts vormachen. Du hast von mir abgeschrieben, bis der Arzt kommt. Das weißt du selber. Luka ist Gift für dich. Du bist schon ein echtes Groupie. Das ist doch nicht gut, gib es zu.«

Larissa nickte. »Ja, schon. Aber ich kann nichts dagegen machen. Es passiert einfach so. Alles, was er sagt und wie er guckt, löst einen wirren Zustand bei mir aus. Was soll ich denn tun? Bis zu den Ferien muss ich durchhalten. Wenn meine Deutschnote dann nicht ganz mies ist, setzt meine Mutter die Nachhilfestunden vielleicht erst einmal ab. Und bestimmt kann ich Luka dann über den Sommer vergessen.« Sie drückte die Handflächen gegen ihre Wangen und spürte, dass diese ganz heiß waren. »Hoffentlich«, fügte sie hinzu. »Ich fühle mich so, als hätte ich Grippe und Masern zusammen. Ich stelle mich gleich noch unter die Dusche, und dann verschwinde ich ins Bett.«

»Gute Idee«, sagte Suse tröstend. »Das wird schon wieder. Jede Krankheit geht einmal vorbei. *See you.*« Sie knutschte mit ihrem eisverschmierten Mund in die Kamera.

»*See you*«, sagte Larissa und winkte mit beiden Händen.

Sie loggte sich aus und drückte stöhnend ihr Metalllineal gegen die Stirn.

»Sag mal, Schatz, du wirst doch nicht krank?«, sagte ihre Mutter, die in der Tür stand. »Ich habe eure letzten Sätze mitgehört.«

Larissa fuhr herum. »MAMA!«, rief sie. »Hast du mich etwa belauscht? Warum klopfst du nicht an, bevor du in mein Zimmer kommst? Mache ich bei dir doch auch immer.«

Ihre Mutter legte ihr die Hand auf die Stirn und versuchte herauszufinden, ob sie Fieber hatte. »Sei nicht albern. Was ist daran so schlimm? Ich habe dich doch nicht belauscht!«

Larissa fühlte, wie ihr der Ärger über die Wirbelsäule und den Nacken bis in die Stirn zog. Hinter ihren Schläfen fing es heftig an zu pochen.

»Du bist ja krass drauf!«, polterte sie los. »Leben wir im Mittelalter, oder was? Ich klopfe sogar bei Lars an. Jedes Kindergartenkind kriegt das eingebläut. In drei Jahren bin ich volljährig!«

Zum Glück, dachte sie. Ihre Eltern hatten im Vergleich zu Suses oder anderen Eltern manchmal total altmodische Ansichten. Ihre Mutter war zum Beispiel der Meinung, dass sie sogar in Larissas Tagebücher schnüffeln dürfe, wenn sie das Gefühl hätte, Larissa vor einer Dummheit oder was auch immer bewahren zu müssen.

Seitdem versteckte Larissa ihr Tagebuch in ihrer alten Spielzeugkiste.

»Friede. Das nächste Mal klopfe ich an, wenn ich es nicht vergesse«, sagte ihre Mutter versöhnlich. »Kommst du zum Abendbrot?«

Larissa schüttelte den Kopf. Der Appetit war ihr vergangen, und das lag nicht nur an dem Streit mit ihrer Mutter. Sie musste über alles Mögliche nachdenken.

Über Luka und warum sie sich in seiner Gegenwart aufführte wie ein Baby, über den wunderschönen *Eisberg*-Text, bei dem sie ab und zu weinen musste, und über ihre ganz geheimen Pläne, nach dem Abi auf eine Modeschule zu gehen. Es gab eine in Berlin, ganz in der Nähe. Vielleicht konnte sie im nächsten Schuljahr ein Praktikum in einem der Läden ergattern, die selber Klamotten schneiderten.

Denn das tollste Geschenk, das sie zum Geburtstag bekommen hatte, war eine Nähmaschine. Mit dieser war sie nun perfekt ausgerüstet.

Ihre Mutter fand es gut, dass sie sich selber Nähen beigebracht hatte, und seit ihr Larissa ein süßes handgenähtes Patchwork-Shirt geschenkt hatte, bekam sie sogar regelmäßig Stoffnachschub von ihr. Stoffe waren nämlich richtig teuer.

Larissa musste ihren Berufswunsch nur noch ihren Eltern beibringen. Das würde gar nicht so leicht werden. Denn sie wusste, dass sich ihr Vater wünschte, dass sie nach dem Abi Mathe studierte. So wie er. Sein Traum war, später mit Larissa zusammen an einer Uni zu sein. Aber das war für Larissa ein echter Albtraum. So gern sie ihren Vater auch hatte.

Wie so oft fand Larissa es urgemütlich, im Schneidersitz auf dem Sofa zu sitzen, in die Dämmerung hinauszuschauen und über dies und das nachzudenken. Dabei konnte sie total gut entspannen und fühlte sich nicht mehr so aufgewühlt. Das war ein gutes Gefühl. Gerade als sie in ihr Bett kriechen wollte, klopfte es leise an der Tür.

»Hallo! Gehst du jetzt schon schlafen?«, flüsterte ihr Bruder Lars und schlüpfte ins Zimmer.

»Auch hallo, du Pflaume«, antwortete Larissa und zeigte auf den Schmetterling, den sie auf ihre Hose getackert hatte. »Kettenschmiere«, sagte sie und versuchte, streng zu gucken. Das fiel ihr allerdings sehr schwer, denn ihr Bruder war ein echt süßer Kerl mit riesigen braunen Augen. Wenn er etwas angestellt hatte und seine Augen rollte, sah er besonders niedlich aus. »Welcher Nerd hat das wohl verbrochen?«

Lars machte ein unschuldiges Gesicht. »Oh, Lari. Mist! Aber das Fahrrad geht kaputt, wenn es nicht ordentlich geschmiert ist.« Er kletterte auf ihr Bett und drückte seinen Kopf gegen ihren Hals. »Tut mir leid.«

»Das nächste Mal passt du besser auf, versprochen?«, sagte sie.

Lars nickte.

»Was willst du denn überhaupt hier? Du schaust doch nicht einfach so in meinem Zimmer vorbei?«, fragte Larissa.

»Swantje hätte auch gerne so ein cooles Smiley-Shirt, wie du mir eines gemacht hast«, rückte Lars mit der Wahrheit heraus. »Kannst du eines für sie schneidern? Sie wird nächste Woche neun.«

Larissa grinste. »Wie. So eine alte Freundin hast du?«

Lars boxte sie wütend. »Mann, sei nicht doof.«

»Sei nett«, wies Larissa ihn zurecht. »Sonst musst du ihr ein Papiertaschentuch schenken …« Sie machte eine kleine Pause. »Na, okay. Geht klar.«

Lars fiel Larissa um den Hals. »Du bist die allerliebste

Tollste auf der ganzen Welt.« Er verpasste ihr einen ziemlich nassen Kuss und verzog sich.

Larissa knipste das Licht aus. Auch wenn ihr Bruder ihre Hose versaut hatte, musste sie grinsen. Lars war okay. Suse hatte es da nicht so gut getroffen. Ihre kleine Schwester war eine echte Plage und petzte ohne Ende.

Sie wischte mit einem Kissen ihre nass geküsste Wange trocken. Wenigstens ihr kleiner Bruder war ein Fan von ihr. Wäre echt super, wenn alle so denken würden, oder zumindest ein ganz bestimmter Typ. Larissa seufzte in ihr Kissen. Aber bevor sie wieder zu grübeln anfangen konnte, schlief sie ein.

04

AUSGERECHNET LUKA rannte Larissa beinahe über den Haufen, als sie am nächsten Morgen schon wieder zu spät in die Sophie-Scholl-Schule rannte. Diesmal war es aber nicht ihre Schuld – denn ihre Mutter, die sie mit dem Auto zur Schule bringen wollte, hatte während des Frühstücks einen Telefonanruf bekommen, der offenbar so wichtig war, dass sie zu Hause bleiben musste.

Auch Luka war zu spät. Überraschenderweise hatte er immer noch dasselbe Hemd wie am Tag zuvor an, nur dass es etwas zerknitterter war. Was hatte das denn zu bedeuten? Konnte es sein, dass Luka nicht in seiner Wohnung übernachtet hatte? Das wäre ja ein Ding.

»Hi!«, sagten sie beide gleichzeitig, und Luka machte ausnahmsweise gar keine spöttische Bemerkung.

»Heute bist du mal auf'n letzten Drücker, was?« Larissa lächelte ihn an, ohne rot zu werden.

»Äh, ja. Irgendwie schon«, antwortete er ungewöhnlich verwirrt. Dann grinste er sie plötzlich an und sagte: »Logistische Probleme.« Er zwinkerte ihr zu.

»Kenn ich.« Larissa grinste zurück.

»Man sieht sich«, sagte Luka und hob lässig einen Finger zum Gruß. »Wir schreiben gleich 'ne Deutschklausur.«

Er verschwand in Richtung Klassenzimmer, und Larissa schaute ihm verdattert hinterher. Erst als sie die Treppen hoch in ihre eigene Klasse rannte, fiel ihr auf, dass Luka gar keine Tasche dabeigehabt hatte. Wie krass!

Larissas Mathematiklehrer Dr. Brehm stand schon am Pult, als sie sich als Letzte zu ihrem Platz schlich. Sie hauchte einen entschuldigenden Gruß in seine Richtung, den er nur mit einem Kopfnicken zur Kenntnis nahm, weil er bereits dabei war, die Hausaufgabenlösungen vom Vortag vorzutragen. Außerdem hatte sie bei Dr. Brehm ohnehin einen Stein im Brett, weil sie einfach jede noch so schwere Matheaufgabe lösen konnte. Sie musste sich also keine Sorgen machen, dass ihr Zuspätkommen Folgen hatte.

»Ich glaube, Luka war heute Nacht nicht zu Hause«, flüsterte sie Suse aufgeregt ins Ohr, noch bevor sie ganz auf ihrem Stuhl saß.

Suses blaue Augen wurden riesengroß. »Das ist jetzt nicht wahr, oder?«, flüsterte sie zurück. »Woher willst du das wissen?«

»Selbes Hemd. Voll zerknautscht«, sagte Larissa. Sie wusste noch nicht, wie sie das finden sollte. War es wirklich möglich, dass Luka eine heimliche Freundin hatte, bei der er übernachtet hatte?

Suse schien denselben Gedanken zu haben. »Der Sache müssen wir unbedingt auf den Grund gehen«, sagte sie einen Tick zu laut.

Herr Dr. Brehm sah in ihre Richtung. »Allerdings, Susanne«, sagte er. »Ich hoffe, du meinst damit die **Mitternachtsformel**.«

Suse lachte hysterisch. »Allerdings, Herr Dr. Brehm.« Sie schubste Larissa in die Seite.

Herr Dr. Brehm sah die beiden streng an, beschloss dann aber, Gnade vor Recht ergehen zu lassen, und unterließ jeden weiteren Kommentar.

Die nächste Doppelstunde verbrachte Larissa wie in Trance. Die ganze Zeit sah sie Luka vor sich, das machte sie ganz verrückt.

Noch während des erlösenden Pausenklingelns sprang Larissa auf und wiederholte Suses Satz. »Mal im Ernst, Suse. Der Sache müssen wir unbedingt auf den Grund gehen.«

Suse sah ihre beste Freundin an. »Führ dich nicht so groupiemäßig auf, das ist unwürdig.«

Larissa wirkte einen Moment lang verwirrt. »Aber das hast du doch gerade selber gesagt. Wenn man verliebt ist, verliert man eben die Kontrolle. Du bist ja auch immer völlig crazy, wenn du dich in einen Jungen verknallst.«

Suse schüttelte den Kopf. »Ich bin **kontrolliert verknallt**, das ist ein ganz großer Unterschied. Außerdem wechsle ich ständig. Du bist schon mindestens sechs Monate verliebt. Das ist ungesund. Aber okay. Ich will es auch wissen und helfe dir dabei.«

Larissa lächelte. »Super. Und wie gehen wir die Sache an?«

Suse überlegte kurz. »Paul. Du weißt doch, der Typ, den ich schon mal über Luka ausgehorcht habe. Er hat mich letzte Woche gefragt, ob wir zusammen ins Kino gehen, *Die Tribute von Panem* angucken. Verstehst du?«

Larissa nickte. »Klar. Aber willst du dir das wirklich antun? Melanie war mal mit ihm im Kino und hat erzählt, dass er nach zehn Minuten ihre Maxi-Popcorntüte leer gefressen hatte und sie dann ohne Unterbrechung vollgequatscht hat, um ihr die Filmstory zu erklären. Sie hat sich fast eine halbe Stunde aufs Klo verzogen, weil sie Angst hatte, dass sie einen Hörsturz kriegt.«

Suse kicherte. »Gönne ich Melanie. Die nervt mich schon seit der sechsten Klasse. Aber jetzt mal im Ernst. Ich weiß, dass Paul stresst. Ich mache es aber trotzdem. Die Geschichte ist einfach zu heiß, ich muss rauskriegen, was da los ist. Und Paul weiß einfach alles, was in der Jahrgangsstufe passiert.«

Larissa fiel Suse um den Hals. »Du bist echt die Beste, weißt du das?«

Suse grinste geschmeichelt. »Na klar weiß ich das. Komm mit. Ich mache das Date gleich fest, bevor ich es mir anders überlege.«

Sie zog Larissa mit sich hinaus auf den Hof. Die Oberstufe stand meistens um den Schulkiosk herum, an dem es belegte Brote, Getränke und Süßigkeiten gab. Ein paar ganz Dreiste verzogen sich auch schon mal zum Rauchen in die Büsche dahinter. Das war allerdings ziemlich riskant und klappte nicht bei jeder Pausenaufsicht.

Paul stand mit Luka und noch ein paar anderen Jungs gelangweilt vor dem Kiosk herum und trank eine Cola.

»Hey, Paul«, sagte Suse und strahlte ihn an.

»Suse. Na, was liegt an?«, sagte Paul.

»Kino«, sagte Suse knapp.

Wahnsinn. Larissa staunte. Ihre Freundin verschwendete wirklich keine Zeit und kam sofort auf den Punkt.

Paul war anscheinend überrascht. Denn er klappte seinen Mund auf und sah Suse ziemlich verdattert an.

»Oder hast du es dir anders überlegt?«, fragte Suse. »Dann lass mich hier nicht so doof rumstehen.«

Luka, der schweigend zugehört hatte, begann zu lachen. Täuschte sich Larissa, oder zwinkerte er ihr sogar zu? Wahrscheinlich ein Wunschgedanke. Warum sollte er so etwas Verrücktes tun?

»Nein, überhaupt nicht«, stotterte Paul. »Find ich toll.« Er wurde tatsächlich rot.

Larissa beneidete Suse. Wie konnte sie nur so cool bleiben?

»Also dann morgen um achtzehn Uhr?«, hakte Suse nach. »Dann können wir noch was trinken. Ich muss um elf zu Hause sein. Da sind meine Eltern ziemlich unentspannt. Ich hab keine Lust auf Stress.«

Paul nickte. »Find ich toll«, wiederholte er. »Echt toll.«

Unerwartet mischte sich Luka in die Unterhaltung ein. »Ich dachte eigentlich, du hast für morgen schon ein Kinodate, Alter.«

Paul wurde noch röter, wenn das überhaupt ging. Er schlug sich mit der Handfläche gegen die Stirn. »Oh Mann, sorry. Das habe ich total vergessen. Ich bin ja schon mit Luka verabredet.«

Suse setzte ihr breitestes Lächeln auf. »Aber das macht doch gar nichts. Gehen wir eben zu dritt, dann ist es noch viel lustiger. Oder bringst du noch jemanden mit, Luka?«

Larissa wurde schlagartig schwindlig. Sie griff nach Suses Ellbogen, um sich festzuhalten.

»Nein«, antwortete Luka genauso knapp wie eben Suse. »Dann sind wir zu dritt.«

»Also dann zu dritt«, wiederholte Suse. Sie schien für einen kurzen Augenblick verunsichert zu sein. Im selben Moment läutete es. Die Pause war zu Ende.

»Okay«, sagte Suse. Sie hatte sich wieder gefangen. »Dann seid pünktlich, damit wir einen guten Platz kriegen. Ich hasse es, mich so dazwischenzuquetschen.« Ohne Paul eines weiteren Blickes zu würdigen, schob sie Larissa zum Schulgebäude.

»He, Larissa!« Das war Lukas Stimme.

Larissa stoppte. »Ja, was ist?« Da war sie wieder, die zaghafte Stimme. Oh Mann. Es war zum Verrücktwerden. Sie drehte sich im Zeitlupentempo um und versuchte, Luka nicht direkt in die Augen zu gucken. Das hielten ihre angespannten Nerven gerade nicht aus.

»Dann könnten wir vor dem Kino noch die Nachhilfe abfeiern, oder? Sei aber pünktlich, damit ich nicht zu spät ins Kino komme. Okay?«

Larissas Magen begann Achterbahn zu fahren. Wie war es möglich, dass dieser Junge einfach über sie bestimmte? Unwürdig hatte Suse das genannt. Und sie hatte recht. Plötzlich wurde sie darüber richtig sauer. Konnte gut sein, dass ein Staubkorn von Suses Selbstbewusstsein bei ihr hängen geblieben war.

»Ich weiß noch nicht, ob ...« Sie unterbrach sich selber. Jetzt drehte sie wirklich total durch. War doch super, den Samstagnachmittag bei Luka zu sein. Wenn auch nicht auf ein Date ins Kino.

»Was?«, hakte Luka nach.

»Meine Eltern ...«, stammelte Larissa verzweifelt.

»Ach so, kein Ding. Ich rufe deine Mutter an und frage, ob es okay ist, dass du kommst.« Er nickte ihr zu. Die Audienz war beendet.

»DAS IST NICHT WAHR!«, rief Suse wütend, sobald sie wieder auf ihren Plätzen waren. »Das glaube ich nicht.« Sie misshandelte ihren armen Matheordner, indem sie ihn immer wieder auf den Tisch knallte.

»Was denn?«, fragte Larissa überrascht. »Ist doch alles perfekt gelaufen. Du bist ein Genie, Suse.«

Suse schüttelte den Kopf. »DICH MEINE ICH!«, rief sie aufgebracht. »DICH!« Sie schnappte nach Luft. »Das nächste Mal nehme ich dich auf Handy auf. Du benimmst dich total krank, sobald Luka mit dir redet. Mensch, das hast du doch gar nicht nötig. Du bist sonst so cool. Denk doch mal an Bens Wakeboard und die abgedrehte Party im letzten Herbst. Unsere Jungs haben dich einstimmig zur **Miss Halloween** gewählt, schon vergessen? Aber seit du in Luka verknallt bist, benimmst du dich unmöglich. Hoffentlich kriege ich raus, dass Luka eine Freundin hat, damit du wieder normal werden kannst.« Sie schmiss sich auf ihren Stuhl und starrte Larissa vorwurfsvoll an.

Larissas Augen füllten sich mit Tränen. »Ich finde mich ja selber doof«, sagte sie fast flüsternd. »Aber ich krieg ganz bestimmt die Kurve. Wenn sich Richtig-verliebt-Sein so anfühlt, dann kann ich gerne darauf verzichten.« Eine einzelne Träne lief ihr über die Wange. »Ich finde es nicht toll, dass du so mit mir herummeckerst.« Sie wischte sich die Träne mit dem Handrücken weg.

»Ach Mensch, Süße«, rief Suse und nahm ihre beste Freundin in den Arm. »Es tut mir leid. Ich glaube, Luka findet dich eigentlich ganz nett. Für einen ganz kurzen Moment dachte ich, er fragt, ob du auch mit ins Kino kommst.«

Larissa schüttelte den Kopf. »Machst du dich über mich lustig, oder wie?«

Suse sah nachdenklich auf ihren verbeulten Ordner. »Nein, ganz ehrlich. Ich kann es nicht erklären. Bloß so ein Gefühl.«

Larissa lachte. »Nee, nee. Aber netter Versuch von dir.

Und das mit dem Date sowieso. Ich hoffe, du bereust es hinterher nicht.«

Suse grinste. »Zur Not habe ich ja immer noch die hier«, sagte sie und hielt ihre zwei Fäuste hoch. Suse ging seit ein paar Monaten zum Boxen.

Larissa kicherte. »Mir tut Paul jetzt schon leid. Ich vermute mal, dass du früher oder später einen Grund für einen kleinen Haken finden wirst.«

Suse rieb sich die Hände und freute sich. »Möglich ist immer alles, oder? Aber komm doch auch mal mit zum Training. Ich bin mir sicher, wir hätten zusammen total viel Spaß beim Boxen.«

»Wir haben immer viel Spaß«, sagte Larissa. »Aber Boxen geht gar nicht. Dann breche ich mir die Finger und kann nicht mehr nähen. Das wäre schlimm.«

Suse stieß einen Schrei aus. »Fast hätte ich es vergessen. Guck mal, hat mir meine Mutter für dich mitgegeben. Aus dem Geschäft. Kannst du behalten.«

Suses Mutter arbeitete in der Bahnhofsbuchhandlung und brachte immer mal wieder Zeitschriften mit.

Suse kramte ein Magazin aus der Tasche und schlug eine markierte Seite auf. »Da ist ein **Nachwuchs-Wettbewerb** für den witzigsten Hosenschnitt ausgeschrieben. Meine Mutter meinte, die Ausschreibung würde dich interessieren und du solltest auf jeden Fall mitmachen. Lies es dir mal durch. Einsendeschluss ist unsere zweite Ferienwoche. Du hast also noch jede Menge Zeit.« Sie hielt Larissa die Zeitschrift unter die Nase.

»WAHNSINN!«, rief Larissa. Ihre Niedergeschlagenheit war schlagartig verschwunden. Sie verschlang den Artikel begeistert. »Da mache ich mit. Auf jeden Fall.«

Suse nickte zufrieden. »Cool. So gefällst du mir schon viel besser. Du gewinnst bestimmt den ersten Preis, wetten?«

Larissa strahlte glücklich. »Auf jeden Fall denke ich mir was Supertolles aus. Darauf kannst du wetten.«

05

LARISSAS GUTE LAUNE hielt die restlichen Schulstunden an. Schon während des Unterrichts zeichnete sie immer wieder winzige Entwürfe auf ihre Arbeitsblätter und verzierte damit sogar die weißen Ränder ihres Erdkundebuches.

Nach der Schule raste sie nach Hause und stürmte ins Haus. Zu ihrer Überraschung war ihre Mutter nicht zu Hause, sie hatte ihr einen Gemüseeintopf in die Mikrowelle gestellt und einen Erdbeerquark in den Kühlschrank.

Lieber Schatz, haben einen sehr wichtigen Termin in der Stadt. Wir holen Lars auf dem Rückweg bei Swantje ab. Kuss Mama.

Larissa schoss durch den Kopf, dass der Termin vielleicht etwas mit dem Telefonat am frühen Morgen zu tun hatte. Normalerweise war ihre Mutter nach der Schule immer zu Hause und sorgte dafür, dass sie gemeinsam Mittag aßen.

Aus irgendeinem undefinierbaren Grund war sie kurz beunruhigt, aber das legte sich in dem Augenblick, als sie mit dem Zeichnen begann. Nachdem sie in weniger als zwei Stunden fünf schöne Hosenentwürfe aufs Papier gebracht hatte, beschloss sie, in ihren Blog zu gucken.

Tatsächlich. Suse hatte schon einen Kommentar hinterlassen, und acht anonyme Leser waren auf ihrem Blog gelandet. Das wurden hoffentlich im Laufe der Zeit mehr. Larissa hatte vor, auch Zeichnungen hochzuladen und vielleicht sogar eine kleine Nähschule – Basics, wie man einen Flicken aufnähte oder mit Knöpfen vom Flohmarkt eine alte Shorts aufpeppte.

Voll crazy, Süße, schrieb Suse. Und **I love you too. Du bist der Knaller.**

Larissa seufzte froh. Es war einfach toll, so eine gute Freundin wie Suse zu haben. Sie hatte wirklich Glück!

BLOGTIME

»Hey, Leute, heute ist Freitag, endlich. Habt ihr auch manchmal das Gefühl, dass die Woche gefühlte zehn Wochen lang ist? Schule langweilt mich. Das einzige Highlight ist meine beste Freundin Suse. Ohne Suse würde ich es gar nicht aushalten. Gleich vor der ersten Stunde kriegte ich schon den totalen Schock. Ich glaube nämlich, der Typ, in den ich mich blöderweise vor einiger Zeit verknallt habe, hat eine Freundin. Fragt mich jetzt nicht, wieso ich das denke. Das

ist eine zu lange Story. Jedenfalls brauche ich Gewissheit. Und meine treue Freundin Suse heftet sich gerade an seine Fersen. Ich brauche einfach Gewissheit. Sonst drehe ich durch.
Super nur, dass ich was zum Ablenken habe. Ich bin nämlich wild entschlossen, einen Design-Wettbewerb zu gewinnen. Ausgerechnet Sommerhosen sind das Thema. Das ist so obercool. Ich habe schon total viele Hosen entworfen und trage nur noch die, die ich selber genäht habe.
Auch wenn ich auf Jungs bezogen der Mega-Schisshase bin – wenn es um Design geht, weiß ich einfach Bescheid. Da kann mir keiner was vormachen. Wenn ich den Wettbewerb gewinnen würde, dann hätten meine Eltern bestimmt auch keine Einwände mehr, dass ich auf eine Modeschule gehe.
Also drückt mir jetzt schon mal total fest die Daumen. Ich weiß, dass ich es schaffen kann, ich weiß es ganz genau.«

Larissa nickte zufrieden. Ich weiß es ganz genau. Das kann doch nicht so schwer sein, das Ding zu gewinnen!

Larissas Magen knurrte laut. Ihr fiel ein, dass sie heute noch gar nichts gegessen hatte.

Auf warmen Gemüseeintopf hatte sie keine Lust, aber

der Erdbeerquark schmeckte hammermäßig. Larissa beschloss, ihn nicht mit ihrem Bruder zu teilen, sondern ganz alleine zu essen. Sie brauchte dringend Nervennahrung.

Der Tag war aber auch wirklich aufregend gewesen. Erst Luka, dann Suses Idee mit dem Date, dann die Sache mit dem Wettbewerb. Schade, dass ihre Mutter nicht da war. Larissa wollte gerne mit ihr über den Wettbewerb reden und ihr die neuen Zeichnungen zeigen. Ihr hatten Larissas selbst genähte Kleidungsstücke von Anfang an gefallen, und sie hatte einen guten Geschmack. Auf ihr Auge konnte man sich verlassen.

Ihre Eltern kamen spät und sahen ziemlich müde aus.

»Wo ist Lars?«, fragte Larissa überrascht. »Habt ihr vergessen, ihn abzuholen?« Im selben Moment dachte sie, dass diese Frage total absurd war. Nie würden sie eines ihrer Kinder vergessen.

»Lars bleibt übers Wochenende bei Swantje«, antwortete ihr Vater und nahm seine Brille ab. Er hatte rote Augen und rieb sie sich heftig mit beiden Händen.

»Nicht, Papa!«, sagte Larissa streng. »Davon kriegt man Bindehautentzündung.«

Ihr Vater hörte auf und lächelte Larissa an. »Jawoll, Chef«, sagte er. Dann nahm er sie überraschend in den Arm und zog sie an sich. »Meine Große«, murmelte er. »Wie geht es dir denn so? Alles in Ordnung? Fühlst du dich wohl?« Er wollte sie gar nicht wieder loslassen.

»Papa!«, sagte Larissa alarmiert und wand sich aus seinen Armen. »Was meinst du damit? Die Schule? Machst du dir schon wieder Gedanken über mein Zeugnis?«

Ihr Vater schüttelte den Kopf. »Dann hätte ich gefragt, was macht die Schule, oder?« Er lief unruhig vor ihr auf und ab. »Ich wollte einfach wissen, ob es dir gut geht und ob du dich wohlfühlst.«

Larissa runzelte die Stirn. »Einfach so?«

»Einfach so«, antwortete ihre Mutter an seiner Stelle.

»Super geht es mir«, sagte Larissa zögernd. »Und stell dir vor, Mama, was mir Suse heute mitgebracht hat, oder besser gesagt, was ihre Mutter ihr für mich mitgegeben hat …«

Das Telefon unterbrach sie. Sie hatten noch eine Retroklingel, wie sie früher üblich gewesen waren. Der Klang ging einem durch und durch, fand Larissa.

»Wolbeck«, meldete sich ihre Mutter. »Ach, Luka. Hallo!«

Larissa bekam sofort weiche Knie.

»Ja, das geht. Aber besser bei uns. Wir bekommen anschließend Besuch. Das wird sonst knapp. Super. Du kennst ja die Adresse, oder? Ja, natürlich. Ich richte es ihr aus.« Sie legte auf.

»LUKA KOMMT ZU MIR?«, rief Larissa. »Das finde ich aber nicht gut.«

Ihr Gehirn arbeitete fieberhaft. **Oh nein**. Wenn sie eine Nachtschicht einlegte, die hundert Jahre dauerte, konnte sie ihr Zimmer vielleicht renovieren, bis er auftauchte. Auf jeden Fall musste sie die kitschige Veilchentapete überstreichen, am besten mit Dunkelgrün oder so, das waren Farben, die auch Jungs mochten, und der Mädchenschreibtisch mit der pinken Tischplatte, den sie zu ihrem zehnten Geburtstag gekriegt hatte, musste natürlich raus und … und … und überhaupt …

»Gibt es ein Problem?«, fragte ihre Mutter überrascht.

Larissa wurde wütend. »Ich will einfach nicht, dass Fremde in mein Zimmer kommen«, sagte sie. »Warum kann ich nicht wie sonst zu Luka fahren und bei ihm Nachhilfe machen? Ich fahre gerne mit dem Rad hin, das ist doch gar nicht weit.«

Ihre Mutter lächelte sie an. »Wir kriegen morgen am frühen Abend Besuch. Es ist besser, du bist dann schon hier.«

Larissa sah sie erstaunt an. »Und wer kommt so Wichtiges zu Besuch, dass ich hier sein muss? Irgendwas mit der Matheschule oder so, Papa?« Sie sah ihren Vater misstrauisch an. »Ich hab euch gesagt, dass ich darauf keine große Lust habe. Ich kann Mathe nur ein bisschen gut. Nicht total gut.«

Larissas Mutter schwieg und warf ihrem Mann einen Hilfe suchenden Blick zu.

»Niemand von der Uni und auch nicht vom Internat«, sagte er schließlich. »Wir haben etwas erfahren, das uns sehr überrascht hat und auch ein klein wenig …«, er suchte nach den richtigen Worten, »… aus der Bahn geworfen hat.«

Larissas Mutter seufzte tief.

»HÄH?«, rief Larissa ungeduldig. »Ich verstehe gerade nur Bahnhof.« Sie fühlte sich ganz komisch, so als ob gleich etwas Schreckliches passieren würde.

»Dein Vater hat sich gemeldet.« Er räusperte sich. »Ich meine, dein echter Vater. Er will dich kennenlernen und kommt morgen Abend vorbei«, sagte ihr Vater und sah sie hilflos an.

»Wer kommt einfach so vorbei?«, krächzte Larissa, und ihre Stimme war so gut wie nicht mehr zu verstehen. Ein heftiger Schwindel erfasste sie, und sie kippte einfach um.

BLOGTIME

»Hey, Leute, ich noch mal. Ich habe gerade das Krasseste vom Allerkrassesten erlebt, das könnt ihr mir glauben. **Mein Vater hat sich gemeldet.** Ich glaube, ich sterbe jeden Augenblick. Umgekippt bin ich schon, aber ich war nur ganz kurz ohnmächtig. Die erste Ohnmacht in meinem Leben überhaupt. Nicht besonders cool, sage ich euch. Ich fühle mich immer noch so, als würde mein Schädel im Schleudergang unserer Waschmaschine stecken. Das ist ein verdammt beknacktes Gefühl.

Jetzt sagen die, die mich schon seit ewigen Zeiten kennen, also Suse, die sagt jetzt bestimmt: Träumst du, oder was? Du hast doch schon einen Vater. Stimmt auffallend. Ich habe aber noch einen zweiten. Und das kommt so:

Ich bin adoptiert. Knaller, oder? Ich selber weiß das schon immer, und ein paar Leute von meiner Family natürlich. Meine **echte** Mutter habe ich aber nie richtig kennenlernen können, wenn man mal davon absieht, dass meine echte Mutter mich natürlich geboren hat und sie und ich für zwei ganze Wochen unzertrennlich waren – da bin ich mir total sicher. Dann ist meine Mutter bei einem schrecklichen Autounfall gestorben, und ihre große Schwester hat sich um mich gekümmert. Sie hat mich so gerngehabt, dass sie mich adoptiert hat, zusammen mit ihrem Mann, der seitdem mein Vater ist. Und deshalb ist meine Tante jetzt meine Mutter.

Mein **echter** Vater (eigentlich ist das Echt / Unecht-Gequatsche total Quatsch), also, mein echter Vater hat sich aus dem Staub gemacht, kurz nachdem er erfahren hatte, dass er Vater wird. Ganz schön mies irgendwie. Oder auch nicht. Denn ich habe ja den besten Vater auf der ganzen Welt ergattert, und wie bereits erwähnt hat sein Mathegenie auf mich abgefärbt. Total genial.

Wer mein echter Vater ist und wo er wohnt: Das wussten wir nicht. Denn die ganze Story hatte sich in Los Angeles zugetragen, als meine Mutter ein Praktikum bei einer amerikanischen Fernsehserie gemacht hat.

Nicht toll, das alles, aber auch nicht todtraurig. Schließlich habe ich extrem nette Eltern bekommen,

die ich wirklich liebe. Und sogar noch einen süßen Bruder dazu. Und jetzt plötzlich steht mein echter Vater vor der Tür.
Wer da nicht aus den Latschen kippt, ist ein Alien. Oder?«

Larissa seufzte. Ist doch echt wahr, dachte sie. Das ist deutlich schlimmer, als unglücklich verliebt zu sein. Ich pack es nicht. Keine Ahnung, ob ich den Tag morgen überlebe. Aber wenigstens sehe ich vorher Luka noch. Bei dem Chaos ist es mir sogar egal, ob er mich für eine Tussi hält, wenn er mein Zimmer sieht.

Sie schaltete ihren Computer aus und legte sich aufs Bett. Stumm starrte sie aus dem Fenster, bis das letzte Stückchen Sonnenlicht verschwunden war und die Nacht hereinbrach.

06

EIGENTLICH WAR LARISSA überzeugt, dass sie keine Minute geschlafen hatte. Aber als sie auf den Wecker guckte, war es bereits nach zehn.

Jeder Quadratzentimeter ihres Körpers fühlte sich merkwürdig an. Heute lerne ich meinen echten Vater kennen, dachte sie. Sie wusste nicht, wie sie das fand. Plötzlich musste sie losheulen, mit laut schluchzen und allem Drum und Dran. Sie drehte sich auf den Bauch und drückte ihr Gesicht ganz fest in ihr Kissen. Bis sie nicht mehr richtig Luft bekam.

»Larissa? Mein Schatz! Was ist los?« Ihre Mutter rüttelte sie an der Schulter. Ihre Stimme hörte sich ängstlich an und klein, ganz anders als sonst. Diesen Tonfall hatte Larissa nur ein Mal zuvor bei ihrer Mutter gehört, als sie als Fünfjährige eine schwere Lungenentzündung hatte. Da hatte sie immer wieder **Larissa, mein süßer Schatz** gerufen, total verzweifelt. Und genau so klang sie jetzt. Aber heute war Larissa nicht krank. Überhaupt nicht. Aus unerfindlichen Gründen wurde sie schrecklich wütend.

»WAS LOS IST? NIX IST LOS! WAS SOLL LOS SEIN!« Larissa fuhr herum und zeigte auf ihr verheultes Gesicht. »Ich treffe heute bloß meine neue Tauschfamilie. Das ist ja gar nichts Wichtiges, oder?«

Sie hatte keine Lust, ihren leiblichen Vater zu treffen, das wusste sie plötzlich ganz genau. Schließlich hatte er sie bisher auch nicht vermisst. Von Anfang an nicht gewollt. Und genau deshalb war sie sauer auf ihre Eltern. Sie hätten es verhindern müssen, dass ihr leiblicher Vater wie ein Kaninchen aus einem Zauberhut auftauchte, so nach dem Motto: **Hallo, hier bin ich. Und wie geht es dir so?** Aber das sagte Larissa nicht. Sie brachte es nicht fertig, als sie in die traurigen Augen ihrer Mutter sah.

»**Tauschfamilie?**«, sagte ihre Mutter entsetzt. »Was redest du denn für einen Unsinn? Hier wird doch niemand eingetauscht.«

»Ach, Mami.« Larissa schluchzte und drückte sich wie früher ganz eng an ihre Mutter.

»Was ist denn hier für ein Gekuschel?«, hörte sie ihren Vater an der Tür. »Ich sitze da unten mutterseelenalleine und frage mich, warum keiner mit mir frühstücken will.«

Larissa hob den Kopf. Sie hatte so sehr geweint, dass sie ihren Vater nur ganz verschwommen sehen konnte. Auch er hatte diesen furchtbar besorgten Ausdruck in den Augen und machte gleichzeitig auf extrafröhlichen Papa, als ob Larissa noch ein Kind wäre, das man trösten müsse, weil es sich den Finger geklemmt hatte.

Auf einmal taten ihre Eltern ihr leid. Bestimmt war es

für sie genau so ein Schock gewesen, dass nach so vielen Jahren ihr leiblicher Vater auftauchte.

Was genau will der denn von mir?

»Was will mein **Vater** denn von mir?«, wiederholte Larissa, als sie endlich am Frühstückstisch saß. Sie hatte einen Toast mit Marmelade und zwei Becher Milchkaffee gebraucht, um die Frage auszusprechen, die ihr so brennend auf der Zunge lag. Einen wildfremden Mann **Vater** zu nennen, fühlte sich falsch an.

»Dich kennenlernen«, sagte ihre Mutter.

»Super. Das fällt ihm ja früh ein«, antwortete Larissa bissig.

»Er hat erst vor Kurzem erfahren, dass es dich wirklich gibt und dass Marlies tot ist. Die Geschichte ist nicht in ein paar Sätzen zu erklären«, sagte ihre Mutter. Sie vermied es, ihre Schwester als Larissas Mutter zu bezeichnen, sie nannte sie einfach beim Vornamen, und Larissa war irgendwie erleichtert darüber.

»Wer's glaubt. Hat er gedacht, dass ich mich in Luft aufgelöst habe, oder was?«, sagte Larissa. »Wie heißt er überhaupt? Hat er auch einen richtigen Namen, oder heißt er nur **Vater**?« Sie spürte, wie sie immer wütender wurde.

Ihr Vater seufzte erneut. Larissa hatte ihn noch nie so oft seufzen hören.

»Er heißt Philip. Philip von Föhren. Der Fotograf. Ich glaube, Mama hat einen Bildband von ihm.«

Larissa stieß einen Schrei aus. »Das ist nicht wahr, oder? **Der** Typ? Aber der ist ja noch voll jung.«

Ihre Mutter zuckte mit den Achseln. »Marlies und er waren beide total jung damals. Ich finde, das erklärt schon einiges.« Sie zögerte einen Augenblick, bevor sie weitersprach. »Marlies und ich haben uns damals leider nicht so gut verstanden, dass sie mir ihre Sorgen anvertraut hätte. Das quält mich heute noch. Vielleicht … vielleicht wäre dann alles ganz anders gekommen.«

Larissa sah ihre Mutter überrascht an. Es passierte zum ersten Mal, dass sie so ausführlich über Larissas echte Mutter sprachen. Plötzlich fragte sich Larissa, warum das so gewesen war. Weil es alle so traurig machte, dass sie tot war? Weil alle ein schlechtes Gewissen gehabt hatten? Und wenn ja: War das ein Grund, Larissa so gar nichts von ihr zu erzählen? Warum hatte Larissa nicht einfach mal nach ihr gefragt? Tausend Fragen gleichzeitig schossen ihr durch den Kopf.

»Ah, jetzt kapiere ich. Deshalb ist Lars bei Swantje geblieben. Damit er bloß nichts davon mitkriegt. Stimmt's?«, fragte sie, und ihre Stimme nahm einen gereizten Klang an. »Warum eigentlich nicht? Weil er euer **echtes** Kind ist und ich nicht?«

Auf einmal konnte sie keine Sekunde länger am Küchentisch sitzen bleiben. Sie wartete eine mögliche Antwort gar nicht ab, sondern sprang auf. »Ich muss noch für Nachhilfe lernen und mein Zimmer ausmisten«, sagte sie. »Mama hat ja Luka einfach zu uns eingeladen. Finde ich übrigens immer noch total doof. Aber in drei Jahren bin ich sowieso achtzehn und brauche keine Eltern mehr.« Sie rannte aus der Küche nach oben, immer zwei Stufen auf einmal nehmend, und ließ sich erschöpft auf ihr Bett fallen. Zickig zu sein, wie sie es während des Frühstücks gewesen war, kostete sehr viel Energie. Sie war todmüde.

Ihr Handy vibrierte. Eine SMS.

Süße, ich pack es nicht.
Erzähl mir sofort alles. Skype?

Nee, jetzt wirklich nicht, dachte Larissa. Das ist mir echt too much. Ich muss mich erst mal wieder einkriegen. Ich habe gerade das Gefühl, ich drehe durch.

Sie öffnete ihren Computer und warf einen Blick auf ihren Blogeintrag von gestern Abend. Suse hatte ihr die SMS auch als Kommentar unter den Blog geschrieben, aber Larissa beschloss, nicht darauf zu reagieren.

Als Gast gelesen hatte noch niemand. Lagen wahrscheinlich noch alle in den Federn oder waren zum Samstagsshoppen.

Sie gab Philip von Föhren in die Suchmaschine ein. Hammer! Der Mann fotografierte nicht nur Möbel, wie im Bildband ihrer Mutter, er arbeitete für alle angesagten Magazine als Modefotograf. Sie drückte die Bild-Funktion. Sofort erschienen jede Menge Fotos von ihm. Auf manchen war er bestimmt erst Anfang dreißig und sah sehr cool aus. Gar nicht wie jemand, der ihr Vater war.

Sie fand auch einen Lebenslauf von ihm. Nicht verheiratet, keine Kinder. Lügner, dachte Larissa grimmig. Aber so was von typisch. Wenn jemand sich in der Modebranche einen Namen machte, störten Kinder mit Sicherheit.

Dann fiel ihr ein, dass er erst vor Kurzem erfahren haben wollte, dass er eine Tochter hatte und ihre Mutter nicht mehr am Leben war. Larissa verstand nicht, wie das sein konnte. Warum hatte er denn vorher nie nach ihrer Mutter gesucht? Schien ihn ja nicht besonders interessiert zu haben. Der Typ wurde ihr von Sekunde zu Sekunde unsympathischer. Auch wenn er auf den Fotos ganz nett wirkte. Aber Fotos waren geduldig.

Warum wollte ihr Vater sie überhaupt kennenlernen? Dieser Gedanke ließ sie einfach nicht mehr los und summte wie eine lästige Fliege in ihrem Kopf herum.

In den kitschigen Filmen, die Larissa manchmal mit Suse oder anderen Freundinnen an einem Mädchen-Videoabend guckte, suchten Väter nach ihren Kindern, weil sie selber uralt waren und Krebs hatten; oder weil die Mutter die Liebe ihres Lebens gewesen war und sie durch widrige Umstände getrennt worden waren; oder weil der Vater ein Multimillionär war, der einen Nachfolger für sein Imperium suchte.

Nichts von allem traf auf Philip von Föhren zu. Da war sich Larissa sicher.

Vielleicht musste sie doch Suse zurate ziehen. Sie öffnete Skype und wählte Suse auf gut Glück an.

»NA ENDLICH«, schrie ihre Freundin so laut in den Monitor, als ob Sprache noch durch Schallwellen vom Eichhörnchensteig in die Akazienstraße, in der Suse wohnte, übertragen wurden. »Ich warte seit Stunden, dass du dich meldest. Hab's mir vor dem Computer gemütlich gemacht.« Sie zeigte auf ein Arsenal von Süßigkeitenvorräten, dazwischen lagen total stylish ihre knallroten Boxhandschuhe. »Jetzt sag schon: Was ist da los? Wieso hast du mir davon nie was erzählt? Das ist ja besser als Hollywood.«

Larissa schüttelte den Kopf. »Red keinen Unsinn. Das ist total beknackt.« Sie gab noch einmal eine kurze Zusammenfassung der Version, die ihre Eltern geliefert hatten, plus der Infos, die sie gerade aus dem Internet gezogen hatte.

»HA! HA! HA!«, kreischte Suse aufgeregt. Sie zog einen Boxhandschuh an und donnerte damit auf den Fußboden, um sich abzureagieren. »Warum ist meine Familie bloß so langweilig?«, klagte sie. »Eine Buchhändlerin, die zu zweihundert Prozent meine Mutter ist, und ein Vater, der Autos repariert. Mann, ist das Leben ungerecht.«

Larissa schnaubte. »Ich tausche sofort, Süße«, sagte sie. »Und weißt du, was das Schlimmste überhaupt ist? Luka kommt gleich **hierher**, um mit mir Nachhilfe zu machen. Weil mein Erzeuger gleich danach hier antanzt. Dass ich überhaupt noch am Leben bin, grenzt an ein Wunder. Gestern Abend war ich ja schon minutenlang ohnmächtig … jedenfalls kam es mir so vor.«

Jetzt war sogar Suse für einen Moment sprachlos. »In dein Zimmer?«, keuchte sie. »Ich sage dir schon ewig und drei Tage, dass du deine **Lillifee-Bude** unbedingt renovieren musst. Was soll Luka denn von dir denken?«

Larissa zuckte mit den Schultern. »Das ist auch schon egal. Mein Leben liegt sowieso in Schutt und Asche vor mir. Nicht nur, dass ein Typ daherkommt und einfach behauptet, dass er mein Vater ist. Der fotografiert auch noch in der Modebranche herum. Ist doch voll Mist.«

Sie verstummte deprimiert und guckte Suse dabei zu, wie sie den Inhalt einer Tüte Gummibärchen vollends hinunterschlang.

»Trainier ich gleich wieder ab«, sagte Suse. »Die Nervennahrung brauche ich jetzt einfach.«

Larissa guckte auf die Uhr. »Ich muss hier aufräumen, bevor Luka kommt. Aber eine Sache noch. Hast du eine Ahnung, was der Typ – also mein Erzeuger – von mir will?« Sie zählte auf, was sie bereits alles ausgeschlossen hatte.

Suse kratzte sich nachdenklich an der Nase und zerknüllte geräuschvoll die leere Gummibärchentüte. »Organspende!«, brüllte sie plötzlich aufgeregt. »Wetten, der braucht eine neue Niere oder so?«

Larissa sah Suse verständnislos an. »Tickst du nicht mehr richtig? Was meinst du damit?«

Suse warf die Tüte einfach in eine Ecke und fuchtelte aufgeregt mit ihren Armen herum. »Na, liegt doch auf der Hand«, sagte sie. »Er hat nicht so die fette Kohle, die er dir vererben will, und keine riesige Firma, er ist nicht uralt, deine echte Mutter ist leider schon tot, was bleibt denn da? Er braucht Hilfe von seiner leiblichen Tochter.«

Larissa schüttelte den Kopf. »Nee. Du guckst zu viele Krimis. Echt. Das ist der totale Quatsch.« Sie zögerte, dann sagte sie: »Und wenn er mich wirklich einfach kennenlernen will. Nur so?« Sie sah Suse fragend an.

»Nee«, sagte Suse. »Träum weiter, Baby. Der hat nix Gutes im Sinn. Nimm dich in Acht. Also, ich mach jetzt die Kiste mal aus. Halt mich auf dem Laufenden. Nachher ist Kinotime, du weißt schon, mit Paulchen Panther und dem geheimnisvollen Luka. Vorher will ich aber noch ein bisschen trainieren. Schreib mir eine SMS, sobald Luka lossprintet, okay? Tschüs, Süße. Halt die Ohren steif.«

Der Bildschirm flackerte und wurde schwarz.

Suse hat recht, dachte Larissa und klappte den Laptop entschlossen zu. Ich muss mich auf das Schlimmste gefasst machen. Dagegen ist Nachhilfe mit Luka fast 'ne leichte Textaufgabe für Zweitklässler.

07

EIN PAAR MINUTEN versuchte Larissa kraftlos, aus ihrem Lillifee-Zimmer, wie es Suse genannt hatte, etwas Cooles zu machen, das Luka beeindruckte. Aber das klappte nicht. Nachdem sie alle Ecken, die sie kindisch bis peinlich fand, mit Stoffen und Tüchern abgedeckt hatte, stellte sie fest, dass ihr Zimmer wie ein verpackter Drops aussah.

»Ach, Mist.« Sie stöhnte und ließ sich genervt aufs Sofa fallen. »Nur ein paar Minuten ausruhen«, sprach sie sich selber Mut zu. »Dann kommt das Zeug einfach wieder weg. Willkommen bei Larifari-Fee, Luka!« Sogleich fiel sie in einen Dornröschen-ähnlichen, tiefen Schlaf.

»Larissa?« Ihre Mutter stand über sie gebeugt und rüttelte sie. »Larissa. Mein Liebes. Aufwachen!«

Verwirrt schlug Larissa die Augen auf und wunderte sich, wo ihre Mutter so plötzlich herkam. Sie hatte sie gar nicht hereinkommen hören. »Luka ist da!«

Larissa schoss hoch und traf mit ihrer Stirn die Stupsnase ihrer Mutter.

»Au!!! Mensch, du Daddel!« Ihre Mutter hielt sich schmerzverzerrt die Nase.

»Oh, Mama. Sorry! Das wollte ich echt nicht.« Sie nahm ihre Mutter in den Arm. Sie entdeckte Luka, der den Unfall, ohne eine Miene zu verziehen, mitbekommen hatte. »Luka! Du bist schon da? Ich bin eingeschlafen«, sagte sie hilflos.

»Hatten wir doch so verabredet, oder?«, antwortete Luka. »Vor dem Kino mit Paul. Erinnerst du dich nicht?« Er sah sie mit einem Blick an, der bereits ihre Antwort enthielt.

»Larissa ist ziemlich durch den Wind«, sagte ihre Mutter entschuldigend. »Ist aber nicht ihre Schuld. Ihr Vater kommt heute vorbei. Vielleicht gar nicht schlecht, wenn du sie noch ein bisschen mit Lernen ablenkst.«

Larissa wurde knallrot. »Danke, Mutter«, sagte sie wütend. »Wie wäre es, wenn du das Ereignis auch noch in die Zeitung setzt? Damit es auch wirklich alle erfahren.«

Ihre Mutter runzelte die Stirn, beschloss aber dann, nichts zu sagen. »Viel Spaß«, sagte sie. »Ich bringe auch noch eine Kanne Tee, wenn ihr wollt.« Sie sah Luka fragend ein.

»Auf gar keinen Fall, Mama«, sagte Larissa.

»Vielen Dank, Frau Wolbeck. Nicht nötig«, sagte Luka höflich.

Larissas Mutter verschwand.

»Ist ja 'ne super Stimmung bei euch«, sagte Luka und

nickte beeindruckt. Er sah sich neugierig um. »Machst du gerade eine **Christo**-Phase durch?«

»HÄH?«

»Das ist der Typ, der mal den Reichstag verpackt hat«, sagte Luka. »Ein Künstler.«

Larissa lachte hysterisch. »Wahrscheinlich«, antwortete sie. »Momentan halte ich alles für möglich.« Ihr schossen Tränen in die Augen.

Oh nein. Bitte nicht. Jetzt bloß nicht losheulen. Nicht vor Luka. Alles, nur das nicht. Ich bin cool, ich bin obercool. Ben hat sein Wakeboard auf mich verwettet, so megacool bin ich, sagte sie sich mantramäßig vor.

Zwei einzelne Tränen liefen ihr über die Wangen.

Luka holte ein Taschentuch aus Stoff aus seiner Jacke und reichte es ihr. »Hier«, sagte er.

»Was denn?«, fragte Larissa fassungslos.

»Das ist ein Stofftaschentuch«, erklärte Luka geduldig. »Damit kann man sich die Nase putzen oder bei Bedarf Tränen abwischen. Saugt deutlich besser als Papier, was sowieso eine völlige Verschwendung von Rohstoffen ist.«

Larissa schnappte nach Luft. »Ich kenne Stofftaschentücher. Was glaubst du denn?«

»Na, dann ist ja alles gut. Warum wischst du die Tränen dann nicht weg? Ist das wieder so ein Mädchenspleen wie Gurkenscheiben auf den Augen?«

Larissa begann wie verrückt zu lachen. Noch mehr Tränen rollten über ihre Wangen, und ihre Nase begann zu laufen. Sie nahm das Taschentuch, wischte die Tränen weg und schnäuzte sich lautstark.

»Na also«, sagte Luka zufrieden. »Geht doch. Warum seid ihr Mädchen immer so furchtbar kompliziert?«

»Das Taschentuch wasche ich dann mal lieber erst«, sagte Larissa.

»Behalte es«, antwortete Luka gönnerhaft. »Ich habe eine ganze Schublade davon. Manche sind von meiner Oma sogar noch selber genäht.«

Er lachte über Larissas verdutztes Gesicht. »Ja, stell dir mal vor. Es gab mal eine Spezies, die hat sich selber Kleider genäht. Ist zwar schon eine ganze Weile her, aber solche Wundertiere existierten. Meine Oma, zum Beispiel.«

Larissa holte tief Luft. Sag bloß, wollte sie ihm am liebsten ins Gesicht brüllen. Wenn du mich und mein Outfit mal mit einem Viertelauge angucken würdest, wäre dir längst aufgefallen, dass ich genau so ein Wundertier bin. Oder hast du solche Klamotten schon mal von der Stange gesehen?

Gerade, als sie beschlossen hatte, ihm die Wahrheit über sich um die Ohren zu hauen, sagte er: »Und was ist das für eine Nummer mit deinem Vater? Um welchen Vater geht es? Hast du zwei?«

Luka hatte recht. Die Saugfähigkeit von Stofftaschentüchern war deutlich besser als die von Taschentüchern aus Papier. Selbst wenn sie pitschnass waren, zerfledderten sie nicht und hinterließen keine ekelhaften Fusseln. Denn Lukas interessierte Frage nach Larissas Vätern löste eine weitere Heulattacke aus, die deutlich schlimmer war als die erste.

Schluchzend beschrieb Larissa Luka ihr Familienchaos. »Und jetzt kommt er gleich vorbei«, schloss sie ihren Bericht.

Luka sah Larissa eine ganze Weile stumm an. Zum ersten Mal wirkte er ehrlich überrascht. »Alter Falter«, sagte er schließlich. »Das ist ja beinhart. Kein Wunder, dass du rumheulst wie ein Schlosshund. Könnte mir auch passieren. Aber meine Eltern sind einfach nur geschieden. Ziemlich langweilig also.« Er dachte nach. »Hast du gar keine Angst, deinen Vater zum allerersten Mal zu treffen?«

Larissa nickte. »Doch«, flüsterte sie. »Riesig.« Das hatte sie bisher niemand gefragt, nicht einmal Suse. Und sie selber wusste es auch erst seit eben.

Luka lächelte sie aufmunternd an. »Du packst das. Ich bin ganz sicher.« Er grinste. »Wer sein Zimmer so futuristisch in Tücher einwickelt, kriegt auch seinen neuen Vater in den Griff. Und wenn er dir nicht gefällt, wickelst du ihn einfach in einen Jutesack ein und schickst ihn als Postpaket dahin zurück, wo er hergekommen ist.«

Larissa lächelte. »Du spinnst aber auch ein bisschen, oder?«

Luka zuckte mit den Achseln. »Klar. Mann gönnt sich ja sonst nichts.«

Larissa zeigte ihm kichernd einen Vogel.

Luka zog die Augenbrauen hoch. »Erst am Heulen wie

die Sintflut und dann gleich wieder frech. Hol mal den *Eisberg* raus. Sonst wird das nichts mehr mit der Vier auf deinem Zeugnis.«

Gerade als sie die letzte Strophe beackerten und Larissa zum ersten Mal eine Ahnung davon hatte, wie man einen Reim interpretierte, klopfte ihre Mutter an die Tür. Sie hatte rote Flecken am Hals. Ohne dass sie etwas sagen musste, wusste Larissa sofort Bescheid.

»Ist er da?«, fragte sie heiser.

Ihre Mutter nickte.

Luka stand auf und nahm seine Jacke in die Hand. »Okay, ich verzieh mich dann mal«, sagte er. »Ich komme sowieso schon zu spät ins Kino.« Er gab Larissas Mutter die Hand.

»Vergiss das Paket nicht«, sagte er zu Larissa. »Denk dran. Du kannst es jederzeit zurückschicken.« Er zwinkerte ihr zu und lief die Treppe runter Richtung Haustür. Larissa hörte, wie er im Hinausgehen jemanden grüßte. Eine tiefe Stimme grüßte zurück. Das musste ihr Vater sein. Der **andere**. Besser gesagt: der **echte**. Larissa bekam von oben bis unten eine Gänsehaut, bevor sie ihrer Mutter nach unten folgte.

08

LARISSA BLIEB auf der letzten Treppenstufe stehen und starrte den fremden Mann an.

»Hallo«, sagte Philip von Föhren und lächelte.

Philip von Föhren. Ja, genau. So sah er aus. Der Fotograf und anscheinend ihr Vater. Crazy, crazy, crazy.

Larissa wurde plötzlich schwindelig, und sie griff schnell nach dem Treppengeländer. Nicht schon wieder ohnmächtig werden, bloß jetzt nicht umkippen, hämmerte es hinter ihrer Stirn.

»Hi. Ich bin Philip«, wiederholte Philip von Föhren und streckte ihr seine Hand entgegen.

Larissa erstarrte. Ihr wurde eiskalt. Sie versuchte, ihren freien rechten Arm zu bewegen, aber das ging nicht. Ich bin gelähmt, dachte sie panisch. Und sprechen kann ich auch nicht mehr. Gleich bin ich tot!

»Larissa?« Ihre Mutter sah sie beunruhigt an.

»Ich glaube, sie ist ein wenig schockiert«, sagte Philip von Föhren, so als ob Larissa gar nicht da wäre. Er zwinkerte Larissas Mutter verschwörerisch zu.

»Tja«, sagte sie. Und ihre Stimme klang ungehalten. »Ist ja auch kein Wunder, oder?«

Philip von Föhrens Mundwinkel begannen plötzlich heftig zu zucken.

»Absurd!«, rief er aus. »**Plötzlich Vater!** Völlig surreal, das alles.«

Er begann zu lachen und klatschte so laut in die Hände, dass es knallte.

Larissa zuckte zusammen. Ganz plötzlich floss wieder Blut durch ihre Adern. Das meiste direkt in ihren Kopf, so heiß, wie er war. Sie fühlte eine unkontrollierbare Wut aufsteigen. Philip von Föhren machte sich über sie lustig. Oder warum wiehert er sonst wie ein Pferd?

»TOTAL WITZIG!«, brüllte sie los. »DA KRIEGT MAN SO GANZ NEBENBEI EIN KIND, NA, SO WAS. TO-TAL WITZIG. DABEI IST NICHT MAL WEIHNACHTEN. ICH LACHE MICH AUCH SCHON DIE GANZE ZEIT SCHLAPP.« Sie ruderte aufgeregt mit den Armen durch die Luft. »Aber soll ich Ihnen mal was sagen? Kinder gibt es nicht im Supermarkt. Die sind nicht in Geschenkpapier eingewickelt, und sie liegen auch nicht zwischen Salamipizza und Fruchtzwergen herum. Kapiert?«

Larissa weinte. Bevor irgendjemand ein Wort herausbrachte, war sie bereits in ihr Zimmer gerannt und hatte die Tür hinter sich zugeschlagen. Von unten hörte sie aufgebrachtes Stimmengewirr.

Wild entschlossen schnappte sich Larissa einen Stuhl

und klemmte die Rückenlehne unter der Türklinke fest. Erst dann warf sie sich auf ihr Bett und zog sich die Decke über den Kopf.

Keine Minute später klopfte ihre Mutter an die Tür. »Larissa! … Larissa?« Sie versuchte vergeblich, die Tür zu öffnen. »Larissa, bitte mach auf. Larissa, mach auf.« Sie rüttelte an der Türklinke.

»Nie wieder«, schluchzte Larissa in ihr Kissen. »Nie wieder mache ich einen Schritt aus meinem Zimmer hinaus.«

Sie erinnerte sich an den einzig richtig schlimmen Streit mit ihrer Mutter, als sie gerade in die erste Klasse gekommen war. Damals hatte sie ihr himmelblaues Einschulungskleid, das aus echter Seide war, mit der Gartenschere zerschnitten und daraus Puppenkleider gebastelt. Die Nähte hatte sie sorgfältig zusammengetackert. So ähnlich wie die Aktion gestern mit ihrer Hose. Ihre Mutter hatte deshalb furchtbar geschimpft, und Larissa war weinend in ihr Zimmer geflüchtet, hatte die Tür abgeschlossen und sich stundenlang geweigert, zu öffnen. Schließlich riefen ihre Eltern den Schlüsseldienst. Seit diesem Tag gab es im ganzen Haus keine abschließbaren Türen mehr. Aber eine Stuhllehne tat es ja auch!

Larissa hörte ihren Vater die Treppen hinaufsteigen. Sie hätte seine Schritte unter Tausenden erkannt. So vertraut waren sie ihr. Normalerweise freute sie sich, wenn er sie in ihrem Zimmer besuchte. Mit ihrem Vater konnte man über alles reden, er hörte ihr geduldig zu, auch wenn er noch so müde war. War sie krank, durfte nur er ihr vorlesen. Seine sanfte Stimme wirkte besser als jede Medizin. Im nächsten Moment donnerte ihr Vater mit Fäusten gegen die Tür. »Larissa, mach sofort auf.«

Larissa schüttelte den Kopf. »Nein«, krächzte sie und wühlte sich aus ihrem Deckenberg hervor.

»Ich befehle es dir!«, rief er.

Larissa lief ein eiskalter Schauer über den Rücken. Sie versuchte, die Angst, die sie schlagartig überfiel, abzuschütteln und tief in ihren Bauch zu atmen. Das hatten sie manchmal im Musikunterricht beim Singen geübt.

So streng hatte ihr Vater noch nie mit ihr gesprochen.

»DU HAST MIR GAR NICHTS ZU BEFEHLEN!«, brüllte sie mit belegter Stimme zurück. »Du bist ja nicht mal mein Vater.« Sie erschrak über ihre eigenen Worte und hielt sich sicherheitshalber die Ohren zu, um das Donnerwetter, das nun mit Sicherheit folgen würde, auszuhalten. Aber nichts passierte.

In Zeitlupe ließ sie ihre Hände sinken. Schlagartig war es draußen totenstill. »Papa?«, flüsterte sie. »Mama?« Sie lauschte Richtung Treppenhaus.

Nichts.

Ein paar Minuten lang blieb Larissa regungslos sitzen.

Ob ihre Eltern im Wohnzimmer mit Philip von Föhren beratschlagten, wie sie ihre Zimmertür aufbrechen sollten? Sie konnten versuchen, die Scharniere abzuschrauben und die schwere Tür aus den Angeln zu heben – oder nahmen sie gleich die Brechstange?

Larissa spürte ein zufriedenes Kribbeln auf ihrer Haut. Irgendwie cool.

Ihr Vater (der alte-neue) sollte ruhig merken, dass sie sauer war. Je eher er das Interesse an ihr verlor, desto besser.

Und ihr anderer Vater (der neue-alte) hatte es erst recht verdient, dass sie ihn eine Weile zappeln ließ. Sie war tief gekränkt, weil er sie so angebrüllt hatte. Total ungerecht. Es war ja nicht ihre Schuld, dass nach fünfzehn gemütlichen Jahren ein Typ auftauchte, der behauptete, ihr Vater zu sein.

Auf einmal war sie sehr erschöpft. Sie streckte sich auf ihrem Bett aus, starrte an die Decke und wartete.

Keine Ahnung, wie lange sie einfach nur so dagelegen hatte, ohne dass etwas passierte. Als sie schon fast eingeschlafen war, weckte sie das Quietschen der Garagentür und ein startender Motor. Autotüren klappten. Schnell sprang Larissa auf und rannte zum Fenster. Sie sah gerade noch die Bremslichter des Volvos und erkannte auf der Rückbank den dunklen Haarschopf ihres neuen Vaters.

Ihre Eltern waren einfach weggefahren. Zusammen mit Philip von Föhren. Larissa hatten sie mutterseelenalleine zurückgelassen. Ihre Müdigkeit war wie weggewischt.

Nee. Das ließ sie sich nicht gefallen.

BLOGTIME

Hallo, Welt! Mit meinen Eltern bin ich durch. Aber so was von.
Kennt ihr Märchen? Ich meine, die ganz schlimmen, die man als kleines Kind vorgelesen bekam, wegen denen man scheußliche Albträume kriegte und deshalb voll happy in das vorgewärmte Federbett zwischen Mum und Dad hüpfte? Mein Horror war Hänsel und Gretel.
Cool, ich sehe euch direkt vor mir, wie ihr vor dem Bildschirm heimlich über mich ablacht.
Aber haltet mal ganz schnell die Luft an: Denn genau das ist mir heute passiert. Nee, entspannt euch wieder. Ich hocke nicht gerade in einem finsteren Wald, umgeben von wilden Tieren, die mich auffressen wollen, und finde nicht mehr heim. Ihr müsst keine Hundestaffel losschicken oder einen Hubschrauber. Es ist alles ganz anders, aber genauso schlimm: Ich hänge hier alleine zu Hause rum, denn meine Eltern haben mit meinem neuen / alten Pa, der vorhin hier aufgeschlagen ist, das Weite gesucht. Ab ins Auto und ohne ein erklärendes Wort nix wie weg. Findet ihr das nicht auch besonders krass? Sturmfreie Bude und so?
Okay. Wenn sie Konzertkarten hätten oder beim Bundespräsidenten zum Abendessen eingeladen wären, würde ich euch vielleicht zustimmen. Aber ein-

fach abzuhauen, nachdem sie mir einen wildfremden Vater untergeschoben haben (der sich übrigens darüber schlapplacht, dass er plötzlich eine Tochter hat), das ist einfach mies. Und das nur, weil ich ihm vor Freude nicht um den Hals gefallen bin. Im guten alten Märchen nennt man solche Leute Rabeneltern. Hätte ich den Wolbecks wirklich nicht zugetraut.
Tja, so kann man sich täuschen.
Also, Welt. Bedauert mich gefälligst. Sieht nämlich so aus, als hätte ich ab jetzt nichts mehr zu lachen. Höchste Zeit, dass ich mein eigenes Modelabel rausbringe und mich absetze. Und zwar auf Nimmerwiedersehen!
Alle Zweifel beseitigt, dass ich die bemitleidenswerteste Socke auf der ganzen Welt bin? Na also.
See you soon. Erst mal muss ich dringend an meiner Matratze horchen. Der Tag war echt too much.
Eure verstoßene Larifari

Larissa seufzte und wischte sich ein paar Tränen aus den Augen. Alles aufzuschreiben war, als würde es gerade noch einmal passieren. Ihre Eltern hatten sich hinter ihrem Rücken mit diesem Philip von Föhren verbündet. Gemeiner Verrat.

Was hatten sie vor? Vielleicht war das ja ein geschickt eingefädeltes Komplott. Ihre Eltern hatten sie satt und wollten sie loswerden. So nach dem Motto: *Es reicht jetzt. Wir haben uns lange genug um dich gekümmert, und außerdem haben wir ja noch ein eigenes Kind.*

Totaler Quatsch, sei nicht so hysterisch, versuchte sie sich zu beruhigen.

Andererseits: War es Zufall gewesen, dass ihre Eltern den unbekannten Vater so urplötzlich aus dem Hut zauberten wie ein Kaninchen im Zirkus? Früher war ihr sogenannter Erzeuger doch auch nie ein Thema gewesen.

Surreal hatte Philip von Föhren ihre Begegnung genannt. Larissa gab es ungern zu. Aber mit diesem Wort hatte er den Nagel auf den Kopf getroffen.

Plötzlich fühlte sie sich einsam. Ihr Magen knurrte laut und fordernd. Wie konnte sie jetzt so ein triviales Gefühl wie Hunger verspüren.

Ruhe!, befahl sie sich. Heute wird nichts mehr gegessen. Es geht mir schlecht. Und wenn es einem schlecht geht, hat man keinen Hunger. Mal gucken: Vielleicht trete ich sogar in Hungerstreik.

Sie nickte zufrieden. Ja, genau. Hungerstreik war eine super Idee. Ihre Mutter machte immer gleich ein ziemliches Theater, wenn sie mal ein paar Tage nicht ordentlich aß. Wie zufällig lagen sofort überall Artikel über magersüchtige Mädchen und tödliche Krankheiten, die durch Mangelernährung verursacht wurden, herum.

Larissa sicherte den Blogeintrag und ließ sich auf ihr Bett plumpsen.

Auf einmal fiel ihr Suse ein. Wie wohl das Date mit

Paul gelaufen war? Ob Luka das Treffen mit ihrem Vater erwähnt hatte?

Sie checkte ihr Handy. Keine Nachricht von ihr. Sie überprüfte, wann Suse das letzte Mal online gewesen war. Komisch. Seit dem Nachmittag hatte sie keine Nachrichten mehr geschrieben. Das sah Suse gar nicht ähnlich.

Spontan wählte sie Suses Telefonnummer. Aber noch vor dem ersten Klingeln unterbrach sie die Verbindung. Sie hatte überhaupt keine Lust auf Reden. Im letzten Augenblick überlegte sie es sich und schrieb stattdessen eine WhatsApp. Aber nicht an Suse.

Hey! Hoffe, der Film war cool. Mit dem Paket hattest du recht. Echter Mist. Ich glaub, ich wandere aus. Eisberg-Time.

Bevor sie es sich anders überlegen konnte, schickte sie die Nachricht schnell an Luka ab. *Gesendet*, erhielt sie prompt als Nachricht.

Oh shit, dachte sie entsetzt. Der Junge denkt jetzt bestimmt, ich habe den totalen Schatten. Schnell schaltete sie ihr Handy auf lautlos und versteckte es unter ihrem Kopfkissen.

»Ich bin ja so was von fertig«, murmelte sie. Ohne ihre Kleider auszuziehen, kroch sie unter ihre Bettdecke und schlief sofort ein.

09

ALS LARISSA AM NÄCHSTEN MORGEN aufwachte, glaubte sie im ersten Moment, dass alles nur ein böser Traum gewesen war. Aber dann entdeckte sie die Stuhllehne, die immer noch unter der Türklinke festgeklemmt war. Und ein Presslufthammer in ihrem Kopf verursachte ihr höllische Schmerzen.

So vorsichtig wie möglich entfernte sie den Stuhl, stellte ihn an den Schreibtisch zurück, öffnete leise die Tür und lauschte hinaus ins Treppenhaus. Aus der Küche hörte sie vertraute Geräusche, und es duftete nach frischem Kaffee. Eine große Sehnsucht überfiel sie, die Zeit einfach um vierundzwanzig Stunden zurückzudrehen. War doch eigentlich kein Wunder gewesen, dass ihre Nerven gestern blanklagen. Und dass ihre Eltern einfach mit Philip von Föhren weggefahren waren, hatte bestimmt nichts zu bedeuten. Vielleicht hatten sie ihn nur nach Hause gebracht. Ihre Eltern waren eben ausgesprochen höfliche Menschen.

Irgendwie ist gestern alles völlig aus dem Ruder gelaufen, dachte Larissa. Es war wirklich eine blöde

Idee gewesen, ihren Vater einfach nach Hause einzuladen. Wetten, dass ihnen alles total leidtat? Bestimmt warteten sie schon darauf, sich bei ihr entschuldigen zu können.

Sie bekam Mitleid mit ihren Eltern und konnte es plötzlich gar nicht mehr abwarten, sie zu umarmen und ihnen zu verzeihen. Außerdem ließen sich Hunger und Durst nicht länger verdrängen. Sie brauchte jetzt dringend ein leckeres Müsli und eine Tasse Kaffee gegen ihre Kopfschmerzen.

Wie in alten Zeiten setzte sie sich auf das geschwungene Treppengeländer und rutschte über das Holz hinunter ins Erdgeschoss.

»Guten Morgen!«, rief sie fröhlich und stürmte in die Küche. »Ich habe einen Riesenhunger.«

Ihr Vater sah von seiner Sonntagszeitung auf und nickte ihr kurz angebunden zu.

»Schlecht geschlafen?«, fragte Larissa. »Ich habe auch Kopfschmerzen. Liegt bestimmt am Wetter.« Sie umarmte ihre Mutter, die am Herd stand und ihr den Rücken zuwandte. »Ich brauche sofort mein Müsli, damit die Kopfschmerzen weggehen.«

Ihre Mutter drehte sich um und zeigte auf den Küchentisch. »Steht alles da, bedien dich«, sagte sie mit seltsam belegter Stimme. »Wo die Milch ist, weißt du ja.« Erst jetzt bemerkte Larissa, dass ihre Mutter ganz verquollene Augen hatte.

»Was ist denn mit euch los?«, fragte Larissa alarmiert. »Ist wer gestorben, oder was?«

Larissa Vater legte mit einem Ruck die Zeitung weg. »Das fragst du uns allen Ernstes?« Er schüttelte den Kopf. »Du hast dich gestern aufgeführt wie ein Kleinkind.« Er ignorierte Larissas erstaunten Blick. »Was glaubst du wohl, was Herr von Föhren gedacht hat?« Ohne eine Antwort abzuwarten, gab er sie sich selber. »Dass wir seiner Tochter überhaupt keine Manieren beigebracht haben.« Er griff erneut nach seiner Zeitung und murmelte: »Deine Mutter hat die halbe Nacht geweint.«

Zum zweiten Mal seit gestern hatte Larissa das Gefühl, jeden Augenblick umzukippen. Sie klammerte sich an der Tischkante fest.

»Wie bist **du** denn drauf?«, rief sie. »Ich kenne den Typen doch gar nicht. Schneit einfach so hier rein. Das finde ich uncool.«

Sie sah ihre Mutter Hilfe suchend an. »Jetzt sag doch auch mal was, Mama!«

Ihre Mutter schüttelte hilflos den Kopf. »Wir sind alle etwas gereizt, Schatz. Sei wenigstens ein bisschen vernünftig. Herr von Föhren hat schließlich ein Recht darauf, dich kennenzulernen. Wir sollten uns freuen, dass er sich gemeldet hat.« Sie machte einen Schritt auf Larissa zu und strich ihr beruhigend über die Wange.

Larissa machte eine abwehrende Bewegung und warf dabei einen Becher Kaffee um. »Wieso darf der hier einfach so auftauchen und alles durcheinanderbringen?«, wiederholte sie. »Wollt ihr mich loswerden?«

Ihr Vater legte die Zeitung endgültig zur Seite. »Rede

bitte nicht so einen Unsinn. Wir haben uns gestern noch lange mit Herrn von Föhren unterhalten. Er ist begeistert, dass du so ein großes mathematisches Talent hast. Die Idee mit dem naturwissenschaftlichen Internat fand er auch ganz großartig. Er wünscht sich eine solide Ausbildung für dich, genau wie wir. Wenn du dich wieder beruhigt hast, schauen wir uns die Prospekte der Schule in Ruhe an. Danach können wir einen unverbindlichen Besichtigungstermin im Internat vereinbaren. Er würde übrigens gerne mitkommen, wenn es seine Zeit erlaubt. Seine Lebensgefährtin und ihr Sohn sind gerade von Potsdam nach Berlin gezogen, und deshalb wird er häufig hier sein. Es gibt also bald genug Gelegenheit …«, er machte eine kurze Pause, »euch besser kennenzulernen.«

Larissa schüttelte den Kopf. »Träum weiter, Papa.« Sie spürte, wie ein Schwall Tränen aus ihren Augen schoss, und rannte verzweifelt zurück nach oben ins Badezimmer.

»Die drehen ja wirklich völlig ab«, flüsterte sie ihrem Spiegelbild zu.

Sie begann, sich eimerweise kaltes Wasser ins Gesicht zu werfen. Schließlich war ihre Haut knallrot und brannte fürchterlich. Ohne schlechtes Gewissen schnappte sie sich die teure Gesichtscreme ihrer Mutter und rieb sich dick damit ein. »Was soll ich nur tun?«, fragte sie sich ratlos.

Als sie in ihr Zimmer ging, stand auf dem Schreibtisch ein Frühstückstablett mit einer großen Schale Müsli mit leckeren Früchten und einem Becher heißer Schokolade.

Ihr Magen meldete sich so vorwurfsvoll, dass sie alles aufaß. Schließlich brauchte sie jede Menge Energie. Pappsatt streckte sie sich auf ihrem Bett aus und schloss die Augen.

Gerade hatte sie beschlossen, noch ein wenig weiterzuschlafen, da vibrierte das Handy unter ihrem Kopfkissen. Bestimmt Suse. Die würde tot umfallen, wenn Larissa ihr erzählte, was gestern passiert war.

Hey, Eisberg. Schmelzpunkt erreicht?
Brauchst du Support?

Luka! An ihn hatte Larissa in dem ganzen Chaos gar nicht mehr gedacht.

Hey! Nicht Schmelzpunkt, sondern Siedepunkt erreicht. Ausbruch des Vulkans. LariCotopaxi schrieb sie zurück.

Lukas Antwort folgte sofort: **Bock auf Chilieis bei Inka?**

Larissa merkte, wie ihr die Hitze bis in die Ohrläppchen stieg. Und das lag nicht an dem kalten Wasser, mit dem sie ihre Haut traktiert hatte.

Sie starrte entgeistert auf Lukas WhatsApp. Wollte Luka wirklich mit ihr Eis essen gehen? Sie zögerte mit der Antwort. Womöglich hatte sie ihn falsch verstanden. Sie musste ihn falsch verstanden haben. Noch wahrscheinlicher: Die WhatsApp war nicht für sie bestimmt gewesen. Am besten also, sie antwortete gar nicht. Dann brachte sie ihn auch nicht in Verlegenheit.

Larissas Handy vibrierte erneut.

Was ist, LariCotopaxi? Pleite? Ich lade dich ein. Ich gebe ja Nachhilfe. grins

Mehr als gut, dass Lukas sie jetzt nicht sehen konnte. Ihr war so heiß. *Inka* war die angesagte Eisdiele in Schöneberg. Dort gab es südamerikanisches Eis, das schmeckte einfach göttlich.

Der *Cotopaxi* war ein Vulkan in Mexiko, von dem Geologen befürchteten, dass er demnächst ausbrach – hatten sie gerade in Erdkunde durchgenommen. Er hieß übersetzt *Hals des Mondes*, und ihr Erdkundelehrer, der begeisterter Bergsteiger war, hatte ihnen sogar Fotos vom Rand des Vulkans mitgebracht, die er selber geschossen hatte. So wie der Cotopaxi fühlte sie sich gerade.

Supergerne tippte sie und schickte die WhatsApp los. Gespannt starrte sie auf das Display.

Okay. Dann fahr jetzt los. See you.

»Ja!« Larissa sprang auf und stieß einen lauten Jubelschrei aus. Wie cool ist das denn? Was ziehe ich nur an?, dachte sie im selben Augenblick. Schließlich entschied sie sich für eine hellblaue Jeans, auf die sie riesige Hippieblumen aufgebügelt hatte. Die Blumen waren vom Flohmarkt und original aus den Siebzigern. Dazu passte der Sweater, den sie in ihrer Kinderbadewanne kürzlich erdbeerrot eingefärbt hatte, super. Sogar die kakifarbene Leinentasche hatte sie selber genäht.

Die Gesichtscreme ihrer Mutter hatte inzwischen ganze Arbeit geleistet.

Es juckte zum Glück nicht mehr so höllisch. Trotzdem war ihre Haut immer noch gerötet, das konnte aber auch einfach ein Sonnenbrand sein.

Sie zog ihre Sandalen an, steckte im letzten Augenblick das Handy ein und rannte die Treppe hinunter.

Ihre Eltern saßen unter dem Sonnenschirm auf der Terrasse. Ihr Vater war wieder mit gerunzelter Stirn in seine Zeitung vertieft, und ihre Mutter arbeitete an der Übersetzung.

Larissa bemühte sich, nicht zu ihrem Vater hinüberzuschauen. Stattdessen legte sie den Arm um die Schulter ihrer Mutter: »Hey, Mum. Danke für das Frühstück. Ich fahr noch ein bisschen nach Schöneberg.«

Sie hörte, wie sich ihr Vater räusperte: »Herr von Föhren wollte noch mal vorbeischauen. Er wusste aber nicht um welche Uhrzeit, weil er noch einen Fototermin hat. Also wäre es besser, wenn du zu Hause bleiben würdest.« Der letzte Satz klang fast bittend.

Auf gar keinen Fall lasse ich wegen dem Typen mein Date sausen, wollte Larissa sagen. Aber das war nicht sehr diplomatisch. Sie traute ihrem Vater zu, ihr kurzerhand Hausarrest zu verpassen.

Stattdessen sagte sie: »Ich bin aber fest mit Luka verabredet. Ich muss das Referat über einen Song von Andreas Bourani schreiben. Davon hängt meine Deutschnote ab – wenn ich die verhaue, klappt es auch nicht mit dem Internat. Hast du selber gesagt, Papa.«

Sie hielt die Luft an und hoffte, dass sie überzeugend genug gewesen war. Vorsichtig blinzelte sie in seine Richtung. Ihr Vater schien einen Moment lang zu überlegen, ob er ihr glauben sollte.

»Am Sonntag?«, fragte er.

»Wir sind gestern ja nicht fertig geworden«, sagte Larissa. »Meine Schuld war es aber nicht, dass Luka vorher Schluss machen musste. Wir kriegten ja Besuch …« Sie setzte einen vorwurfsvollen Blick auf. »Er geht heute extra wegen mir nicht zum Training.«

Larissa Mutter mischte sich ein. »Das stimmt. Ich musste den Jungen nach Hause schicken, weil Herr von Föhren kam.« Sie sah Larissa neugierig an. »Was trainiert Luka denn? Ich wusste gar nicht, dass er Sport macht.«

Larissas Herz raste. Mist. Sie hatte überhaupt keine Lust, ihre Mutter anzulügen. »Äh, Handball«, antwortete Larissa und biss sich auf die Unterlippe, bis sie Blut schmeckte. »Wie die anderen Jungs auch, Paul und so.« Sie wippte ungeduldig auf ihren Zehenspitzen auf und ab. »Also … Papa?«

Larissas Vater nickte. »In Ordnung. Komm aber nicht zu spät nach Hause.«

»Okay«, rief Larissa glücklich. »Tschüs, bis später!«. Sie schnappte sich ihr Fahrrad und radelte in Lichtgeschwindigkeit nach Schöneberg.

10

VOR INKAS EISLADEN stand eine gigantisch lange Schlange, die bis auf die gegenüberliegende Straßenseite reichte. Geduldig warteten die Eishungrigen ab, bis sie an der Reihe waren.

Als Larissa um die Ecke geradelt kam, entdeckte sie Luka schon ziemlich nah an der Eisquelle. Gerade nahm ein blondes Mädchen mit Pferdeschwanz strahlend ihren riesigen bunten Eisbecher in Empfang und ließ sich sogleich auf den Bürgersteig plumpsen, um keine Zeit zu verlieren.

Larissa bremste scharf und sprang vom Sattel. Das Fahrrad lehnte sie an eine Straßenlaterne, ohne es abzuschließen.

»Gerade noch rechtzeitig!«, rief sie Luka zu und stellte sich neben ihn.

»Hey!«, sagten sie gleichzeitig.

»Du bist wohl gerast«, sagte Luka anerkennend. »Hast ein ganz rotes Gesicht. Trotzdem Chili?«

Larissa nickte. »Unbedingt.« Sie sah über die Theke.

»Ich nehme Fresa-Rocoto – also Erdbeer-Chili, weil es zu meinem Oberteil passt, dann Chicha Morada, weil es so hellblau ist wie meine Jeans, und Limón, weil ich Zitroneneis einfach liebe.«

Luka schüttelte den Kopf und lachte. »Du bist ja durchgeknallt. Aber cool, deine Klamotten. Was ist denn das Hellblaue? Hoffentlich kein Schlumpf-Eis.«

Larissa lächelte. »Nein, zum Glück nicht. Chicha Morada ist blauer Mais, schmeckt aber nach Beeren. Du kannst es ja bei mir probieren.«

Luka nickte und nannte der schwitzenden Eisverkäuferin ihre Lieblingssorten. Seine waren Zimt, Papaya und Lúcuma – ein Nuss-Honig-Gemisch.

Danach verzogen sie sich in den Schatten eines riesigen Kastanienbaums in den angrenzenden Lassenpark und genossen eine Weile wortlos ihr Eis.

»Blauer Mais«, staunte Luka und probierte einen Löffel davon aus Larissas Becher. »Sieht ziemlich schlimm aus, schmeckt aber krass, wenn man die Augen zumacht.«

Sie löffelten weiter und schleckten auch noch den allerletzten Tropfen aus dem Becher. »Lecker«, sagte Larissa. »Noch mal vielen Dank. Du hast mich gerettet. Bei uns zu Hause sind knastähnliche Zeiten angebrochen.«

Luka schüttelte ungläubig den Kopf. »Verstehe ich nicht«, sagte er. »Deine Eltern sind doch eigentlich total vernünftig drauf.«

Larissa schnaubte verächtlich. »Nicht, seit mein Erzeuger aufgetaucht ist. Glaub mir, der Hochsicherheitstrakt in Moabit ist ein müdes Ferienlager dagegen. Ich durfte erst losfahren, nachdem ich meinem Vater gesagt hatte, dass wir das Bourani-Referat gemeinsam schreiben. Die Deutschzensur ist ihm ungeheuer wichtig. Wenn ich in Deutsch durchfalle, werde ich nicht auf dem Internat aufgenommen, in das er mich abschieben will.« Sie kicherte. »In Wirklichkeit sehe ich natürlich zu, dass ich Deutsch vergeige; ich will auf keinen Fall auf das Internat.«

Luka hörte aufmerksam zu, ohne Larissas letzte Sätze zu kommentieren.

»Findest du doch auch, oder?«, fragte sie.

Luka zuckte mit den Achseln. »Weiß nicht«, antwortete er sparsam.

Larissa war plötzlich verunsichert. »Wie? Du hast doch sonst auch immer eine Meinung.«

Luka zögerte. »Na, wenn du durchfällst in Deutsch, war meine Nachhilfe umsonst. Aber das verkrafte ich schon. Wäre aber trotzdem schade, du bist gar nicht unbegabt. Ich glaube, du bist nur faul. Besser wäre es, wenn du ehrlich sagen würdest, dass dich Mathe nicht so interessiert. Es ist doch möglich, dass man ein Fach gut kann, ohne dass man gleich einen Beruf daraus macht.«

Larissa schwieg einen Augenblick. »Wie genau meinst du das? Gib mal ein Beispiel.«

Luka grinste. »Mich. Ich bin super in Deutsch, hab aber keine Lust, Journalist zu werden oder Deutschlehrer.«

Larissa sah ihn neugierig an. »Und was machst du wirklich gerne?«

Luka zwinkerte Larissa zu. »Das möchtest du gerne wissen, was?«

Larissa nickte. »Klar!«

»Geht dich aber nichts an«, antwortete Luka.

Larissa war so erstaunt über seine Antwort, dass es ihr die Sprache verschlug.

Luka lachte. »Nett, wie ich bin, verrate ich es dir trotzdem.« Und dann sagte er erst einmal eine Weile gar nichts und guckte zwei Dackeln zu, die durch einen Sandkasten tollten.

Larissa spürte plötzlich die alte Unsicherheit zurückkommen, mit der sie zu kämpfen hatte, wenn sie sonst mit Luka zusammen war. Sie hatte so gehofft, dass sie sich endlich normal unterhalten konnten. Wieso war er eigentlich so nett zu ihr? Ihre Angst, sich vor ihm zu blamieren, wurde größer und größer, sodass sie schließlich richtig nach Luft schnappen musste.

»Hast du dich verschluckt?«, fragte Luka mitten in ihre Gedanken hinein.

»Nee. Nur irgendwas im Hals«, krächzte Larissa.

»Vielleicht bist du gegen das Schlumpf-Eis allergisch«, sagte Luka.

»Aber es ist doch gar kein Schlumpf-Eis«, widersprach Larissa schwach.

Luka sprang auf.

Das war es dann wohl mit meinem Date, dachte Larissa unglücklich. Sie wollte ebenfalls aufstehen, aber ihre Beine waren plötzlich so wacklig wie Pudding.

»Nee, bleib sitzen«, sagte Luka. »Ich hol dir eine Cola. Das hilft. Und dann erzähle ich dir, was ich cool finde.« Er lief los zum Kiosk hinter dem Kinderspielplatz.

Larissa schaute ihn hinterher. Ihr war auf einmal so schwindlig wie in einem Kettenkarussell. Luka war der einzige Junge, der es schaffte, sie in einen völlig verwirrten Zustand zu versetzen. Und Larissa wusste immer noch nicht, ob sie das gut finden sollte oder nicht.

Ihr Handy vibrierte. Endlich Suse!

Süße! Was geht ab bei dir? Wie war dein Date? – Halt dich fest: Ich hab Paul geküsst. Jetzt Skype?

Larissa durchfuhr ein eisiger Schrecken. Wer hatte Suse von ihrem Date mit Luka erzählt? Hatte Luka mit Paul über sie geredet? Gar nicht cool. Am besten, sie stellte sich erst mal unwissend.

Bin mit dem Rad unterwegs. Bist du wahnsinnig, mit Paul zu knutschen? Die Klette wirst du nie wieder los. Btw: welches Date?

Sie beobachtete Luka, wie er auf dem Rückweg einen Wettlauf mit den Dackeln veranstaltete. Die Dackel zogen den Kürzeren. Larissa musste laut lachen. Wie die zwei Dickerchen mit ihren krummen Beinen durch den Sand pesten und darin stecken blieben, sah zu komisch aus.

Ihr Handy vibrierte erneut.

Na, das Date mit deinem Vater. Dem neuen.

Larissa atmete erleichtert durch. Gott sei Dank. Kein Verrat.

Schnell schrieb sie zurück:

Kann gerade nicht. Aber wenn du gute Nerven hast, lies meinen letzten Blogeintrag.

»Deine Eltern?«, fragte Luka und zeigte mit der Colaflasche auf das blinkende Handy, das *Gesendet* signalisierte.

Larissa schüttelte den Kopf. »Nein, das war Suse. Sie wollte wissen, wie es mit meinem Vater gelaufen ist.« Sie räusperte sich.

Luka hielt ihr die Cola hin. »Hier. Nimm erst einmal einen großen Schluck.«

Larissa trank, ohne abzusetzen, ein Drittel der Flasche leer.

»Das tut gut«, stöhnte sie und wischte sich mit dem Handrücken den Mund trocken. »Ich hatte wohl doch einen Schlumpf verschluckt.« Sie grinste und stellte die Flasche ins Gras. »Und? Erzählst du mir jetzt, was du am liebsten machst?«

»Wenn du mir erklärst, was du an deinem neuen Vater blöd findest …«, sagte Luka.

»Okay!« Sie sah ihn gespannt an.

»Ich fotografiere total gerne, und ich spiele Bass in einer Band. Wir drehen gerade ein Musikvideo für den neuen Song, dafür habe ich das Skript geschrieben. Ich inszeniere das Video, macht irre Spaß, ist aber ein Haufen Arbeit und geht momentan bis in die Nacht hinein. Wir haben das Geld für das Shooting von einer Produktionsfirma gekriegt und dürfen die Sache auf keinen Fall in den Sand setzen.«

»Wow, cool«, sagte Larissa bewundernd. »Deshalb bist du immer so schick angezogen, wenn du abends weggehst.«

Luka verzog den Mund. »Also, **schick** finde ich die Sachen nicht gerade. Klamotten sind ein riesiges Problem. Die Jungs aus der Band haben überhaupt keinen Geschmack und weder Geld übrig noch Lust auf Shopping.« Er sah Larissa nachdenklich an. »Deine Klamotten finde ich richtig stylish. Wo findest du das Zeug denn?«

Larissa wurde knallrot. »Secondhand, aber das meiste habe ich selbst genäht. Mach ich schon, seit ich fünf bin.« Spontan erzählte sie ihm die Story mit dem Seidenkleid.

Luka konnte gar nicht mehr aufhören zu lachen. »Dann hätte ich jetzt einen Job für dich. Würdest du unsere Kostüme ein wenig auf Vordermann bringen?«

Larissa riss die Augen auf. »Klar, gerne!«, rief sie begeistert.

»Es gibt aber keine Kohle, und du musst die ganze Zeit am Set bleiben. Das kann ganz schön langweilig werden.«

»Alles klar!« Larissa strahlte. »Kein Problem. Das ist

doch total spannend.« Sie streckte ihm die Hand hin. »Gebongt.«

Luka schlug ein. »Gebongt«, wiederholte er. »Ach so, das Shooting ist natürlich **top secret**. Geht keinen an der Schule etwas an. Auch Suse muss nichts davon erfahren. Okay?«

Larissa nickte.

»So. Und was hast du für ein Problem mit deinem Vater? Ich würde auf den Knien um die Welt rutschen, wenn ich so einen krassen Vater hätte. Ich musste mir das Fotografieren ganz alleine beibringen. Philip von Föhren ist der coolste Typ unter der Sonne, ohne seine Fotobücher wäre ich noch lange nicht so weit.«

Im ersten Augenblick wusste Larissa gar nicht, was sie auf diese Lobeshymne antworten sollte. Aus seiner Sicht hatte Luka natürlich recht. Aber Philip war auch nicht sein Vater, sondern ein Idol, das er offensichtlich anhimmelte.

»Schwer zu erklären«, sagte sie schließlich. »Er hat gelacht. Er hat gelacht, weil ich seine Tochter bin; *surreal* hatte er das genannt. Irgendwie stimmt das zwar, aber ich fand es trotzdem total bescheuert.«

Luka sah Larissa ungläubig an. »Er hat dich ausgelacht? Er hat dich wirklich ausgelacht?« Er durchbohrte sie fast mit seinem entsetzten Blick.

»Na ja, nicht direkt«, sagte Larissa. »Er hat gelacht, weil er so plötzlich eine Tochter hat. Ich denke, er hätte über jedes andere Mädchen genauso gelacht.«

Sie stellte die Sache nur ungern richtig, aber sie brachte

es einfach nicht übers Herz, Luka anzulügen. Schließlich ging es um sein Idol.

»Aber das ist ja auch absurd«, antwortete Luka. »Ist doch im Gegenteil cool, dass er darüber lacht und dich gleich kennenlernen will. Ich verstehe das Problem nicht ganz.«

Darauf fiel Larissa keine passende Antwort ein.

»Jedenfalls«, fuhr Lukas fort, »wenn ihr euch ein bisschen besser kennengelernt habt, würde ich ihn wahnsinnig gerne mal treffen. Glaubst du, das geht?« Er sah sie erwartungsvoll an.

»Auf jeden Fall«, sagte Larissa. Das Leben ist echt schräg, dachte sie. Luka hatte überhaupt keinen Vater, der sich um ihn kümmerte, und sie hatte einen Vater zu viel. *Surreal.* Dieses Wort passte wirklich.

11

ES WAR SCHON ZIEMLICH SPÄT, als Larissa zurück in den Eichhörnchensteig radelte. Hoffentlich gab es kein Donnerwetter zur Begrüßung. Nach diesem wunderschönen Nachmittag hatte sie null Bock auf Stress.

Als Allererster stürzte ihr Lars entgegen und bohrte seinen Kopf begeistert in ihren Magen. »Ich kann jetzt tauchen«, brüllte er ohrenbetäubend laut. »Swantje hat mir beigebracht, wie man Ringe aus dem Wasser holt. Jetzt darf ich endlich mein Seepferdchen machen.«

Sie umarmte ihren Bruder begeistert. »Ach, mein Süßer«, sagte sie. »Du bist ein echter Held.«

Und Swantje ist eine echte Superwoman, dachte sie. Aber das sagte sie nicht laut. Swantje konnte einfach alles. Die hatte bestimmt schon als Kaulquappe Ringe aus dem Taucherbecken geholt und Kopfsprung vom Fünfmeterturm gemacht. Von diesem Wicht konnte man sich sogar als Teenager noch eine Scheibe abschneiden.

Plötzlich spürte sie ein warmes Gefühl in ihrem Bauch.

Ich bin doch echt total bekloppt, **dachte sie**. Das ist doch immer noch meine Familie, und der Zwerg hier ist mein süßer, kleiner Bruder. In Wirklichkeit hat sich absolut gar nichts verändert. Warum flippe ich denn bloß so aus? Mein richtiger Vater ist aufgetaucht. So what? Anscheinend ist mein Erzeuger sogar ein ziemlich cooler Typ. Das sagte sogar Luka, und das hatte wirklich etwas zu bedeuten. Der fand nämlich eigentlich jeden Erwachsenen bescheuert, vor allem Eltern. War also alles nur halb so wild. Es hätte schlimmer kommen können.

Larissa kannte die einschlägigen Reality-TV-Shows, in denen von einem Tag auf den anderen Familienmitglieder auftauchten, die man seinem ärgsten Feind nicht wünschte. Das Gegenteil war bei ihr der Fall. Und dafür musste sie dankbar sein und nicht so herumzicken.

Sie drückte Lars ganz fest an sich. »Ach, mein Süßer«, seufzte sie glücklich.

Lars begann wie wild zu zappeln. »Hilfe. Ich ersticke!«, keuchte er und trat ihr mit aller Kraft gegen das Schienbein.

»Aua, du Blödmann!«, schrie Larissa empört. »Spinnst du?« Sie ließ ihn schlagartig los und massierte ihr schmerzendes Schienbein. Lars nutzte die Gelegenheit, um zu flüchten, und zeigte ihr im Weglaufen einen Vogel.

»Na warte! Ich krieg dich!«, rief Larissa und stürmte ihm hinterher.

»Mama, Mama, Hilfe, Larissa wollte mich zerquetschen.« Grinsend versteckte sich Lars hinter seiner Mutter und streckte Larissa frech die Zunge heraus.

»Streitet ihr euch?«, fragte Larissas Mutter.

»War nur Spaß«, sagte Larissa.

Nachdem ihre Mutter einen kritischen Blick auf Lars geworfen hatte, beschloss sie, Larissa zu glauben. »Geh schon mal ins Bad und mach dich bettfertig«, sagte sie zu Lars und gab ihm einen Kuss auf die Stirn.

»Aber Larissa muss mir gleich noch was vorlesen«, bestimmte er, als er die Treppen hinaufhüpfte.

»Mach ich, Zwerg!«, rief Larissa. »Was ganz Gruseliges.«

Lars verschwand kichernd.

Ihre Mutter lächelte Larissa an. »Hat alles geklappt mit Luka?« Ohne eine Antwort abzuwarten, sprach sie weiter: »Papa und ich würden gerne kurz mit dir sprechen. Hast du einen Moment Zeit?«

Larissa nickte. »Ich muss euch auch was sagen …«

Sie folgte ihrer Mutter ins Wohnzimmer. Ihr Vater stand am Fenster und sah sie mit einem merkwürdigen Blick an.

Larissa holte tief Luft. »Papa, es tut mir leid«, sagte sie.

»Larissa, mir tut es leid …«, sagte ihr Vater gleichzeitig und ging mit großen Schritten auf sie zu.

Beide verstummten und sahen sich verblüfft an. »Was tut dir leid?«, fragten sie im Chor.

Larissa fing an zu lachen, und ihr Vater nahm sie in seine Arme.

»Es tut mir so leid, Larissa«, wiederholte er. »Ich hab

mich unmöglich aufgeführt. Deinen leiblichen Vater ohne Vorwarnung einfach so ins Haus zu bitten, war absolut falsch. Ich glaube beinahe, ich wollte sogar heimlich, dass du so heftig reagierst. Ich war eifersüchtig auf ihn.«

Larissa war erleichtert. »Nein, Papa, du hattest mit allem recht. Ich habe mich echt babymäßig aufgeführt. Klar werde ich ihn treffen. Bald. Von mir aus schon morgen.«

Ihr Vater schüttelte den Kopf. »Kommt gar nicht infrage. Mama und ich haben vorhin noch einmal mit Herrn von Föhren darüber gesprochen, wir werden es ganz langsam angehen lassen. Erst einmal ist es viel wichtiger, dass du dich auf das Internat konzentrierst. Ich habe mit dem Rektor gesprochen: Auch wenn deine anderen Noten eigentlich nicht gut genug sind, würde er sich auf eine Probezeit mit dir einlassen. Das ist doch toll, oder?« Er strahlte sie an.

Larissa wand sich aus seinem Arm und schüttelte den Kopf. »Jetzt verstehe ich dich gar nicht mehr. Was hat das Internat damit zu tun, dass ich mich mal eine Stunde mit diesem Philip treffe? Luka sagt, der ist eigentlich ganz cool, so als Fotograf. Und mit dem Internat …« Sie stoppte mitten im Satz, weil sie plötzlich der Mut verließ, ihrem Vater zu gestehen, dass sie null Bock auf diese Matheschule hatte. »Nein, ich treffe Herrn von Föhren«, wiederholte sie stattdessen. »Ich verstehe selber nicht, warum ich so ausgetickt bin. Ich weiß doch schon immer, warum ihr mich adoptiert habt. Und vielleicht kann er mir ja noch was …«

… über meine Mutter erzählen, was ihr nicht wisst, wollte sie eigentlich sagen. Aber diesen Gedanken, der ihr so ganz plötzlich durch den Kopf geschossen war, brachte sie nicht zu Ende.

Sie war ziemlich verwirrt über den Umschwung ihrer Eltern. Auch wenn ihr Vater einen wirklich guten Grund dafür genannt hatte. Trotzdem: Sie wusste auf einmal genau, dass sie ihren leiblichen Vater kennenlernen wollte. Und zwar am liebsten ganz alleine.

»Mach das so, wie du es möchtest, Larissa. Wir haben schon genug Durcheinander geschaffen. Alles andere ergibt sich dann von selber«, mischte sich ihre Mutter ein und warf Larissas Vater einen warnenden Blick zu. »Auch wenn wir einen Fehler gemacht haben, musst du uns glauben, dass wir immer nur das Beste für dich wollten. Wir sind ja so froh, dass wir dich haben.« Sie bekam plötzlich ganz feuchte Augen, und Larissa nahm sie schnell in den Arm und drückte die Nase in ihre Halskuhle, so wie sie es immer gemacht hatte, wenn sie als kleines Mädchen mal Kummer hatte und weinen musste.

Auch wenn jetzt scheinbar alles wieder im Lot war, auf ein gemeinsames Abendbrot hatte sie keine große Lust. Ihr schwirrten so viele unterschiedliche Gedanken durch den Kopf, dass sie diese erst einmal ordnen wollte. Deshalb verdrückte sie sich mit dem Vorwand, Lars noch eine Gutenachtgeschichte vorzulesen.

Lars hatte sich schon gemütlich in sein Federbett gekuschelt und wartete mit dem großen Märchenbuch auf sie.

»Märchen?«, fragte Larissa. »Nicht *Jim Knopf*?«

Lars schüttelte den Kopf. »Nö, lieber was Spannendes. *Hänsel und Gretel* oder so.«

Larissa setzte sich auf seine Bettkante. »Auf *Hänsel und Gretel* habe ich keine Lust«, antwortete sie. »Dann träume ich wieder so schlecht.«

Lars kicherte. »Dann kommst du halt zu mir rüber, ich fürchte mich nie.«

Larissa blätterte das Buch durch. »Auf *Aschenputtel* habe ich Lust, die hat so super Kleider. Das wünsche ich mir auch, dass meine Klamotten auf Bäumen wachsen oder einfach so herbeigezaubert werden. Allerdings würde ich mir eher eine schicke Hose wünschen als so ein Tussikleid. Einverstanden?«

Lars nickte. »Okay«, sagte er großzügig. »Aber du brauchst doch gar keinen Wunschbaum, du nähst viel schönere Sachen.«

»Du bist ein Schatz«, sagte Larissa gerührt. Und bevor sie mit Vorlesen loslegte, musste sie ihren süßen Bruder dafür erst einmal ordentlich knuddeln.

BLOGTIME

Hey, ich schon wieder. Also, jetzt weiß ich gar nicht mehr, was ich denken soll. Ich habe das Gefühl, dass Erwachsene im Laufe ihres Lebens immer komplizierter werden. Nee. Ich habe wirklich keine Lust darauf, auch mal so zu ticken.

Ihr erinnert euch? Mein Erzeuger ist aufgetaucht, und meine Eltern haben ihn gleich mit einem roten Teppich empfangen. Weil ich nicht mitgemacht habe bei der Party, sind sie supersauer auf mich gewesen. Kein Wunder also, dass ich dachte, sie wollten mich loswerden. Ich hatte meinen Gaul schon gesattelt. Dann hat mir ein guter Freund (hehe, wer wohl – meine Rhabarber-Connection natürlich) aber klargemacht, dass mein echter Vater gar nicht so uncool ist. Schließlich ist er ein megaguter Fotograf. Ich hätte es also schlimmer treffen können. Deshalb habe ich entschieden, doch mal Hallo zu sagen. Fällt mir deshalb ja kein Zacken aus der Krone. Ich hatte nämlich überhaupt keine Lust, wegen so einem Streit meinen süßen kleinen Bruder und überhaupt meine Family (die eigentlich ganz entspannt war bisher) aufs Spiel zu setzen.

Und nun ist auf einmal wieder alles ganz anders. Meine Eltern haben sich bei mir entschuldigt, und jetzt soll ich meinen Vater erst mal gar nicht mehr sehen. Obwohl ich gerade beschlossen hatte, ihn doch kennenzulernen. Und wie Eltern so sind, wollten sie das auch wieder nicht einsehen … Crazy, crazy, crazy. Oder, um es mit meinem neuen Lieblingswort zu sagen: surreal.

Ich gebe zu, es gibt zwei Gründe, warum ich diesen Philip kennenlernen möchte. Der eine ist … tataaaaa … Luka. Der ist nämlich ein richtiger Fan

von ihm, weil er so toll fotografieren kann. Der zweite ist, dass er mir vielleicht etwas über meine echte Mutter erzählen kann.
Meine jetzige Mutter (also ihre Schwester) hat zwar auch ab und zu mal was über sie gesagt, aber das waren dann eher so Sachen wie: Marlies mochte kein rotes Obst und Gemüse essen, bis sie fünf war, nicht mal Erdbeeren (ging mir genauso). Oder: Sie hat mal zwei Mäuse auf dem Dachboden versteckt und dort mit altem Brot gefüttert, bis sie zu einer hundertköpfigen Großfamilie herangewachsen waren und der Kammerjäger gerufen werden musste! Könnte mir im Leben nicht passieren, ich kann Mäuse nämlich nicht ausstehen – dafür habe ich mir zu meinem zehnten Geburtstag eine Vogelspinne gewünscht (aber leider nicht gekriegt). Versteht ihr das?
Ich weiß auch gar nicht wirklich, was ich über meine Mutter erfahren möchte.
Vielleicht will ich auch nur wissen, warum meine Eltern miteinander Schluss gemacht haben und ob mein Vater wirklich nicht wusste, dass ich in Arbeit war und so weiter. Kann natürlich sein, dass er mir nichts davon beantwortet. Aber dann habe ich es wenigstens versucht.
Außerdem muss ich ihm eine Sache unbedingt verklickern: nämlich dass ich nicht scharf auf das Internat bin und noch weniger Lust habe, bis zu mei-

nem Lebensende irgendwelche Rechenformeln zu erforschen. Der Modehimmel wartet auf mich und meine superstylishen Klamotten. Das hat sogar mein kleiner Bruder kapiert. Nur meine Eltern peilen das nicht.
Hilft alles nichts. Ich muss diesen Sommerhosen-Wettbewerb gewinnen, sonst glauben die mir nie, dass ich es ernst meine …
Hey, Welt! Liest eigentlich irgendjemand von euch mit – also my best friend Susie zum Beispiel??? Suuuuuuse! Warum hast du bloß Paul geküsst, du Oberwahnsinnige!!! (Ich hoffe, ich darf das hier so schreiben, kennt uns sowieso keiner, das ist ja das Abgefahrene an diesem Blog.)
Noch ein letztes Wort, Welt! Wenn irgendjemand einen Tipp hat, wie ich mein Lebenschaos in den Griff bekommen kann – schreibt mir. Ich lese jede Post.
Gute Nacht. Heute träume ich von Aschenputtel und ihrer supersüßen Hose, mit der sie den Prinzen erobert.
Eure Larifari – nicht mehr ganz so durch den Wind – oder wenigstens nicht mehr so schlimm.

12

IN DIESER NACHT schlief Larissa tief wie ein Murmeltier und träumte überhaupt nichts. Das war wahrscheinlich der Grund, warum ihre Mutter sie morgens kaum wach rütteln konnte.

»Morgen«, murmelte Larissa schläfrig und legte beide Arme um den Hals ihrer Mutter, wie früher, als sie klein war. »Mama. Ich mag gar nicht aufstehen. Ich bleibe heute zu Hause.«

Aber ihre Mutter ließ leider nicht mit sich handeln, und so radelte Larissa nach einem sehr knappen Frühstück wieder einmal in Höchstgeschwindigkeit zur Sophie-Scholl, um nicht zu spät zu kommen.

Es war etwas mühsam, sich durch das Gewimmel auf dem Schulhof mit ihrem Fahrrad einen Weg bis zu den Fahrradständern zu bahnen. Suse wartete dort schon ungeduldig auf sie. »Hey. Hättest du nicht früher kommen können? Jetzt haben wir gar keine Zeit mehr zu quatschen! Ich hab schon befürchtet, du machst blau«, sagte sie vorwurfsvoll. »Ich habe jede Menge Neuigkeiten.«

Larissa schloss ihr Fahrrad ab und sagte: »Das glaub ich dir. Ich hätte auch am liebsten geschwänzt. War das stressigste Wochenende des Jahrhunderts.«

Suse nickte. »Weiß ich, hab heute Morgen noch deinen Blog gelesen beim Kaffeetrinken. Das mit Paul löschst du aber sofort wieder raus, sonst kriegst du echt Ärger mit mir.«

Larissa grinste. »Wieso denn? Kennt dich doch keiner.«

»Feind liest mit«, antwortete Suse kryptisch. »Und damit meine ich nicht die NSA.«

»Häh? Am besten, wir treffen uns im Kunstunterricht mal auf dem Klo. Da können wir in Ruhe quatschen.« Bevor Larissa noch nachhaken konnte, wen Suse mit Feind meinte, klopfte ihr jemand auf die Schulter. »Kann ich dich mal sprechen?«

Luka! Larissa fuhr herum. »J…ja, klar«, stotterte sie und hasste sich für ihr Gestammel. Hoffentlich machte ihr Suse nicht gleich wieder die Hölle deswegen heiß. Sie blieb wie festgetackert stehen und starrte ihn abwartend an.

»Aber doch nicht hier vor der ganzen Meute«, sagte Luka und verdrehte die Augen. Er zerrte sie an ihrem Arm hinter die Fahrradständer.

»Hör zu«, begann er sofort. »Machst du noch mit bei unserem Videodreh?«

Larissa strahlte. »Na klar. Hab ich doch gesagt. Ich hab die ganze Woche Zeit. Oder dreht ihr am Wochenende?

Da ist es noch besser, meine Mutter fährt nämlich zu so einem Übersetzertreffen an die Ostsee, und Papa will nach Hamburg zu seinem Bruder und nimmt Lars mit.«

Luka lächelte. »Wochenende wäre natürlich klasse, aber um ehrlich zu sein, ist der Dreh schon heute Abend. Ulrike – also die Produktionsleiterin – hat das Schwimmbad zu keinem anderen Zeitpunkt gebucht gekriegt. Ich habe heute Morgen eine SMS von ihr bekommen.«

»Schwimmbad? Cool! Aber was braucht ihr denn da für Kostüme, 'ne Badehose kann man nicht wirklich stylen.«

Luka lachte laut. »Mann, Larissa, du bist echt ein Nerd. Schwimmbad heißt doch nicht schwimmen. Jedenfalls nicht bei einem Musikvideo. Das ist ja gerade der Clou. Die Jungs tun so, als wäre das Wasser gar nicht da, und singen den Song, bis sie untergehen, verstanden?«

Larissa schüttelte den Kopf. »Nee, nicht wirklich. Aber in der Woche ist natürlich blöd. Meine Eltern sind megaspießig, wenn es um so etwas geht. Ich darf nie weg, obwohl ich schon bald achtzehn werde …«

Luka grinste. »Na, das sind ja noch ein paar Jährchen hin, oder?«

»Alles relativ«, antwortete Larissa. »Sagte Herr Einstein auch schon, und mit dem kenne ich mich aus.«

Luka hob abwehrend beide Arme. »Hey, da will ich dir auf keinen Fall widersprechen. Ich weiß, dass du mindestens so schlau bist wie Stephen Hawking. Aber dann müsste dir doch auch eine super Ausrede einfallen, oder?

Kannst du nicht sagen, du willst noch mal für Deutsch mit mir lernen?«

Larissa zögerte. »Ich will meine Eltern nicht anlügen, verstehst du das?«

Luka zuckte mit den Achseln. »Dazu kann ich nichts sagen. Meine Eltern interessiert sowieso nicht, was ich mache. Also bist du raus aus der Sache?«

Das klang bedauernd.

»Na ja«, sagte Larissa. »Aber wenn sie es nicht wissen, dann lüge ich sie ja auch nicht an. Ich könnte über die Feuerleiter runterklettern. Das geht aber erst, wenn es wirklich spät genug ist und meine Eltern schlafen.«

Luka strahlte sie an. »Du bist ja wirklich völlig crazy«, sagte er. »Das wäre so toll. Aber wieso habt ihr 'ne Feuerleiter am Haus? Das ist doch nur zweistöckig.«

»Mein Vater ist eben immer gerne auf alles vorbereitet. Deswegen hat ihn das auch so geschockt, als plötzlich mein Erzeuger auftauchte. Aber er hat sich gestern bei mir entschuldigt, weil er so abgegangen ist am Anfang.«

Luka sah Larissa überrascht an. »Echt? Du hast wirklich Glück. Deine Eltern sind gut drauf und dein richtiger Vater sowieso.«

»Na, mal gucken«, sagte Larissa verlegen. »Meine Eltern können auch anders. Habe ich ja gerade erlebt. Okay.« Sie hatte mittlerweile den Eindruck, dass Luka es mit seiner Familie nicht so gut getroffen hatte wie sie. Plötzlich tat er ihr furchtbar leid. Am liebsten hätte sie ihn gedrückt. Schnell versuchte sie das Thema zu wechseln, bevor sie sich total aufs Glatteis begab. »Okay, also wann und wo?«, fragte sie möglichst cool.

»Schaffst du es um elf ins Stadtbad am Lassenpark? Du weißt schon, da ganz in der Nähe von Inkas Eisbude. Diesmal allerdings ohne Eis.« Er lachte leise. »Dafür mit Eiswürfeln. Mehr verrate ich nicht …«

Larissa nickte. »Das kriege ich hin. Ich schicke dir eine WhatsApp, wenn ich starte. Muss ich was mitbringen außer Nadel, Faden, Schere und dem ganzen Kram?«

Luka schaute sie anerkennend an. »Na, du scheinst ja wirklich Ahnung zu haben. Klamotten haben wir genügend dabei. Also – ich freue mich echt, dass du mitmachst. Und denk dran, kein Wort darüber. **Alles klar?**«

Larissa nickte.

»Super.« Luka haute ihr kumpelhaft auf die Schulter und verschwand so schnell in der Schülermenge, wie er vorhin aufgetaucht war.

»Ich will alles wissen! Jede einzelne Silbe, die Luka mit dir geredet hat«, überfiel Suse sie aufgeregt, als Larissa wieder zu ihr zurückschlenderte.

»Also … j…ja«, stotterte sie los.

»Mensch, kannst du mal wieder normal werden und zusammenhängende Wörter sprechen?«, regte sich Suse auf.

In diesem Augenblick erschien Paul. Er stürmte ungebremst auf Suse zu und umarmte sie stürmisch. »Hallo, Süße, geht's dir gut?«, strahlte er sie an.

»J…j…ja«, erwiderte Suse überrascht und versuchte

mit beiden Händen, einen öffentlichen Kuss abzuwehren. Leider ohne Erfolg. Paul verpasste Suse einen ewig langen Kuss, den sie sich nach anfänglicher Gegenwehr offensichtlich gerne gefallen ließ. Ein paar jüngere Mädchen aus der sechsten Klasse sprangen kichernd um das Pärchen herum und klatschten Beifall. Wer weiß, wie lange Paul Suse noch geküsst hätte. Aber zum Glück läutete es endlich zum Unterricht, und er ließ sie los.

»Wir schreiben jetzt Mathe, ich muss gehen. Wir sehen uns in der großen Pause«, sagte er. »Ich hab dir was mitgebracht.« Er schwenkte seinen Rucksack und tauchte im Getümmel unter.

»Oha«, sagte Larissa und konnte sich ein schadenfrohes Grinsen nicht verkneifen. »Hast **du** jetzt plötzlich auch Probleme mit der korrekten Sprache?«

»Mann«, stöhnte Suse fassungslos. »Der Junge macht mich fertig. Aber er kann echt gut küssen, das muss man ihm lassen. Der sabbert nicht so rum wie Bennie.«

Larissa lachte. »Wann hast du denn Bennie geküsst?«, rief sie. »Das hast du mir verschwiegen.«

Suse verdrehte die Augen. »Musst ja auch nicht alles wissen. Ist schon ein Vierteljahrhundert her. Als ich dreizehn war, bei der Übernachtungsparty im Reitstall. Beim Flaschendrehen. Zählt also eigentlich nicht. Und das war auch kein Kuss, sondern höchstens so was wie Knutschen. Danach hatte ich aber erst mal keinen Bock mehr, das weiter auszuprobieren.«

Suse war immer schon ein richtiges Pferdegirl gewesen, mit Reitbeteiligung und allem Drum und Dran. Larissa machte sich nicht besonders viel aus Pferden. Weil sie sich nie im Stall blicken ließ, hatte es Suse geschafft, ihr die Sache mit Bennie zu verschweigen. Außerdem konnte man Bennie sowieso nicht ernst nehmen.

Das mit Paul schien aber ganz schön aus dem Ruder gelaufen zu sein. Larissa wollte unbedingt mehr darüber erfahren. Und zwar so bald wie möglich. Sie hoffte, Suse mit der Paul-Sache so in die Mangel zu nehmen, dass Suse nicht mehr auf die Idee kam, nachzuhaken, was da mit Luka lief.

Die ersten zwei Stunden Kunstunterricht bei Frau Niketta waren immer ein echtes Highlight für Larissa und versüßten ihr den schrecklichen Montag. Momentan konnten sie sich ihr Arbeitsmaterial selber aussuchen – *Freestyle* nannte ihre Lehrerin das –, und so hatte Larissa vorgeschlagen, das Bild, das sie malen sollten, zu nähen.

Im ersten Augenblick war Frau Niketta ziemlich erstaunt gewesen, aber als Larissa ihr erklärte, wie sie sich die Umsetzung vorstellte, war die Lehrerin begeistert gewesen.

Und so stellte Larissa eine Stadtsilhouette aus verschiedenen Stoffresten her und vernähte sie mit verschiedenen Materialien und Garnstärken. Die Stoffe waren aschgrau bis knallbunt, und das Format selbst war riesengroß. Larissa wollte es ihren Eltern gerne zu Weihnachten schenken. Bis dahin musste es unbedingt fertig werden. Sie war in den letzten Wochen sehr gut vorangekommen, und so konnte sie sich heute einen längeren Abstecher auf die Toilette zusammen mit Suse leisten, ohne dass sie in Zeitnot kam. Aber erst mal musste sie natürlich pseudomäßig ein wenig an dem Bild weiterarbeiten. Frau Niketta war ausgerechnet heute ziemlich gesprächig.

Sie hatte einer Freundin von Larissas Kunstwerk erzählt, und diese fand das ziemlich spannend. Sie arbeitete für ein Magazin und versprach, einen netten Bericht über Larissas Arbeit zu schreiben. Deshalb wollte Frau Niketta heute ein paar Fotos des Bildes machen – auch mit Larissa, der Künstlerin.

»Aber nicht, dass jemand die Idee klaut«, sagte Suse. Sie war misstrauisch in solchen Sachen, denn eine Referendarin hatte einmal eine Kurzgeschichte von ihr umgeschrieben und ohne ihre Erlaubnis in der Stadtteilzeitung abgedruckt.

»Keine Sorge«, beruhigte Frau Niketta die beiden. »Es könnte höchstens sein, dass nach Veröffentlichung des Artikels eine Menge Leute bei dir vor der Tür stehen und auch ein Bild in Auftrag geben. Dann wirst du noch berühmt.« Sie lachte.

»Das wäre natürlich toll«, sagte Larissa. »Wenn ich damit genug Geld für die Modeschule verdienen könnte.« Sie seufzte sehnsüchtig.

»Modeschule?«, fragte Frau Niketta neugierig. »Erzähl mal.« Sie nahm sich einen Stuhl und setzte sich zu Larissa und Suse an den Tisch. Frau Niketta war ganz klar die netteste Lehrerin der ganzen Schule.

Und so weihte Larissa sie ohne Umschweife in ihre Pläne und auch in ihre Sorgen ein, die sie sich über die Internatsgeschichte machte.

»Wow, das finde ich ja richtig toll«, sagte Frau Niketta. »Du bist auf jeden Fall sehr begabt und solltest genau da weiterarbeiten. Ich werde deine erste Kundin, darauf kannst du dich verlassen.«

»Und wissen Sie was?«, rief Suse. »Larissa will bei dem Nachwuchswettbewerb für Design mitmachen. Meine Mutter hat die Ausschreibung kürzlich in der Zeitung gefunden und ausgeschnitten. Das Thema heißt *Meine schönste Sommerhose*. Da gewinnt Larissa garantiert. Sie näht sich nämlich alle Hosen selber.«

Frau Niketta nickte. »Wenn ich mir deine Sachen so anschaue, glaube ich das sofort. Als ich so alt war wie du, habe ich auch viel genäht. Ich habe eine Ausbildung gemacht und einen Gesellenbrief als Schneiderin. Ich weiß sogar, wie man Modelle zeichnet. Das fand ich damals viel spannender als Nähen. Also, wenn du möchtest, helfe ich dir. Oder du zeigst mir einfach mal, was du schon entworfen hast. Vielleicht kann ich dir ein paar Tipps geben.«

Larissa sah Frau Niketta ungläubig an. »Das würden Sie wirklich tun?«

Frau Niketta lachte. »Na klar. Ich bin zwar deine Lehrerin, aber vor allem mag ich gerne schöne Sachen. Und wenn jemand ein besonderes Talent hat, dann fördere ich das natürlich. Das freut mich am allermeisten.«

Jetzt war Larissa alles egal. Sie fiel Frau Niketta einfach um den Hals.

»Und was ist mit Mathe?«, fragte Frau Niketta neugierig. »Dr. Brehm sagte, dass du in allen Arbeiten eine Eins geschrieben hast.«

Larissa nickte. »Ja, leider«, sagte sie. »Ich hätte einfach mal ein paar Fehler einbauen sollen, dann hätte mein Vater mir allerdings ewig lange Nachhilfe aufgebrummt. Und darauf hatte ich auch keine Lust. Aber«, fügte sie hinzu und dachte dabei an Luka, »nicht alles, was man kann, macht man gerne. Ich mag zwar Wettrechnen. Aber auf mehr habe ich keine Lust. Und mit meinem Vater später in der Uni irgendwelche tausendstelligen Zahlen hinter dem Komma erforschen, will ich erst recht nicht.«

Frau Niketta sah Larissa mitleidig an. »Soll ich vielleicht einmal mit deinen Eltern reden? Ich weiß, wie das ist … Meine Eltern fanden es auch nicht toll, dass ich Künstlerin werden wollte. Deshalb bin ich Lehrerin geworden. Der Beruf gefällt mir auch, aber ich finde es heute noch schade, dass ich es mit der Kunst nicht wenigstens versucht habe. Heute bin ich meistens zu kaputt, um zu Hause noch zu malen.«

Larissa sah Frau Niketta überrascht an. Das hätte sie von ihrer Lehrerin nicht gedacht. Frau Niketta wirkte immer so, als ob sie sich bei jedem durchsetzen könnte und alle Respekt vor ihr hatten. Sogar ihre Kollegen. Jetzt erfuhr Larissa, dass sie früher ähnliche Probleme gehabt hatte. Und das tröstete sie irgendwie.

»Aber weißt du«, beendete Frau Niketta die Unterhaltung und stand auf, »ich mach mir keine Sorgen um dich, Larissa. Du hast so tolle Eltern, die lassen dich bestimmt nicht hängen. Und wenn du doch Sorgen hast, dann melde dich einfach. Ich bin schon gespannt auf deine Hosenentwürfe.« Sie lächelte Larissa freundlich an und wanderte weiter durch die Reihen, um sich die Zeichnungen der anderen Schüler anzuschauen.

»Mensch«, sagte Suse, »bei der hast du ja wirklich einen Stein im Brett; aber ich gönne es dir. Du schleimst dich ja nicht ein, du kannst wirklich was.«

Sie arbeiteten eine Weile stumm an ihren Bildern weiter. Schließlich sagte Larissa: »Ich muss dringend aufs Klo. Du auch?« Sie zwinkerte Suse zu.

Suse grinste. »Jetzt, wo du es sagst – meine Blase platzt gleich.«

Larissa verschwand als Erste, Suse folgte ihr zwei Minuten später und drückte noch schnell eine Fanta aus dem Getränkeautomat und eine Tüte Tacos.

So machten sie es sich in der Nähe der Mädchentoilette gemütlich.

»Also, erzähl mal«, sagte Larissa. »Wie war's im Kino? Und vor allem: Was ist mit Paul gelaufen?«

Suse berichtete in epischer Breite, was sich Paul ausgedacht hatte, um sie zu küssen. Larissa fand, dass nichts besonders Originelles dabei war. Das Übliche eben: Riesentüte Popcorn, jede Menge Cola, Eiskonfekt usw. Aber offensichtlich hatte seine Masche bei Suse gezogen, denn bereits zehn Minuten nachdem der Film begonnen hatte, fingen sie an zu knutschen. Am aufregendsten fand Suse offensichtlich, wie lange Paul küssen konnte, ohne Luft zu holen. »Das wäre wirklich ein Kandidat für den Marathon«, schwärmte sie. Larissa gewann den Eindruck, dass Paul zu küssen deutlich aufregender war, als sich mit ihm zu unterhalten. Denn außer dass Paul einmal in der Woche Handball spielte und er eine große Schwester hatte, die bereits verheiratet war, hatte Suse nichts über ihn erfahren.

»Und was habt ihr sonst so geredet?«, fragte Larissa.

»Wieso?«, sagte Suse. »Wir haben doch den Film geguckt und geknutscht. Mehr ging nicht.«

Larissa trank den letzten Schluck Limo. »Und wie war der Film?«, fragte sie.

Suse guckte verlegen. »Von dem Film habe ich gar nichts mitbekommen«, sagte sie ehrlich. »Den muss ich mir noch mal angucken. Aber du willst ihn dir doch auch noch anschauen. Dann komm ich mit.«

Larissa kriegte einen Lachanfall. »Du bist echt eine«, sagte sie. »Wolltest du nicht rauskriegen, ob Luka eine Freundin hat und was er abends so treibt?«

Suse grinste. »Ja, eigentlich schon«, gab sie zu. »Aber das hab ich irgendwie aus dem Blick verloren. Und dann war der Film vorbei und Luka verschwunden. Ich kann mich ja noch mal mit Paul verabreden. Und dann kann ich es so drehen, dass Luka wieder mitkommt. Die sind ja best friends.«

Larissa schüttelte den Kopf. »Nee, lass mal«, sagte sie. »Ich versuche es gerade schon selber in Erfahrung zu bringen.«

Suse sah ihre Freundin neugierig an. »Und wie machst du das?«, fragte sie gespannt.

Larissa schüttelte den Kopf. »Das ist leider noch streng geheim; aber sobald ich was Spannendes rausbekommen habe, erfährst du's natürlich als Erste.«

Sie hörten Getrappel. Im nächsten Moment machten es sich zwei Mädchen aus der Unterstufe ganz in ihrer Nähe gemütlich und fingen aufgeregt an, die Jungs in ihrer Klasse durch den Kakao zu ziehen.

»Komm wir gehen wieder rein«, sagte Larissa. »Bevor Frau Niketta noch eine Vermisstenanzeige aufgibt. Ich möchte es mir nicht mit ihr verderben. Die ist ja wirklich nett.«

In der letzten Stunde Mathe machte Larissa zwei richtig dicke Fehler an der Tafel, und Herr Dr. Brehm kam aus dem Staunen gar nicht mehr heraus. »Wo bist du denn nur mit deinen Gedanken?«

Larissa zuckte hilflos mit den Achseln. In ihrem Kopf schwirrten die Gedanken so wirr herum wie in einem Bienenstock. Wenn nur schon Abend wäre. Hoffentlich ging alles gut und sie blamierte sich nicht bis auf die Knochen.

13

ZUM GLÜCK war Larissas Vater heute den ganzen Tag an der Uni, und sie musste keine unangenehmen Fragen beantworten. Ihre Mutter hatte einen wichtigen Termin und gab ein Radiointerview in Potsdam zu ihrer Übersetzung.

So fiel das gemeinsame Mittagessen, das ihrer Mutter sonst heilig war, aus, und Lars verbrachte den Nachmittag bei Swantje. Er wollte unbedingt weiter für sein Seepferdchen üben. Larissa konnte also ganz ungestört in ihrem Zimmer zeichnen und grübeln.

Gleich nach der Schule hatte sie ihren Rucksack für den Videodreh gepackt. Sicherheitshalber hatte sie noch ein paar selbst genähte Shirts dazugestopft. Die passten auch Jungs.

Im Nachhinein ärgerte sie sich, dass sie ganz vergessen hatte, zu fragen, was für Musik die Band von Luka machte. Je näher der Abend kam, umso größer wurden ihre Bauchschmerzen. Schließlich hielt sie es in ihrem Zimmer nicht mehr aus, sondern ging hinunter ins Wohnzimmer. Gerade als sie es sich vor dem Fernseher gemütlich gemacht hatte, klingelte das Telefon. Ihr erster Gedanke war **Luka**. Bestimmt wollte er ihr absagen.

»Larissa Wolbeck!«, rief sie atemlos in den Hörer.

Sie hörte jemanden tief einatmen. »Hallo, Larissa, hier ist Philip. Bitte leg jetzt nicht gleich auf.«

Larissa starrte verwirrt auf das Telefon.

»Larissa? Bist du noch dran?«

Er hat wirklich eine angenehme Stimme, dachte Larissa. Ganz anders als die von Papa. Aber genauso schön.

»Hallo«, krächzte sie und dann gleich noch einmal tiefer: »Hallo.«

»Ja, also, auch noch mal Hallo«, wiederholte Philip und lachte schon wieder. Aber dieses Mal hatte Larissa nicht das Gefühl, dass er sie auslachte. Er hörte sich an wie sie selber, wenn sie verlegen war.

»Sind deine … Eltern zu Hause?«, fragte er.

Larissa schüttelte den Kopf. Die Leitung blieb stumm.

Erst nach einer Weile fiel ihr auf, dass er sie ja nicht sehen konnte. Zum Glück nicht sehen konnte. »Hallo?«, sagte sie erneut und horchte in den Hörer. Vielleicht hatte Philip schon längst aufgelegt. Vermutlich hielt er sie für völlig durchgeknallt. Niemand hatte gerne eine durchgeknallte Tochter. »Mama ist beim Radio in Potsdam, und Papa ist in der Uni«, versuchte sie einen sachlichen Satz.

»Ah, gut, sehr gut«, antwortete Philip. Er war also noch in der Leitung.

»Wie?«, fragte Larissa verwirrt. »Dass meine Eltern nicht da sind, ist sehr gut?«

»Nein, nein, so meine ich das natürlich nicht«, korrigierte sich Philip eilig. »Ich wollte damit nur sagen, schön, dass ich stattdessen dich am Ohr habe. Weißt du, ich freue mich einfach nur, dich zu hören. Und ich möchte mich entschuldigen, ich wollte dich neulich nicht erschrecken. Auf gar keinen Fall.«

Larissa schüttelte den Kopf. Anscheinend hatten momentan alle Menschen das dringende Bedürfnis, sich zu entschuldigen. Sie eingeschlossen.

»Larissa«, sagte Philip. »Ich war nur so verwirrt, als ich dich zum ersten Mal sah. Das war ...«

»... *surreal*«, beendete Larissa spontan seinen Satz.

»Ja, genau. Surreal, surreal. Total surreal«, rief Philip froh. »Ich merke, dass wir uns verstehen. Surreal war das.«

Larissa räusperte sich. Ihre Kehle war ganz ausgetrocknet. Sie musste dringend etwas trinken. »Okay«, sagte sie, »also, ich muss jetzt unbedingt ...«

»Schon klar«, unterbrach Philip sie eilig. »Ich will dich auch wirklich nicht volltexten. Du hast Besseres zu tun, als mit einem wildfremden alten Sack zu telefonieren. Aber, weißt du, ich würde wirklich sehr gerne ... also, wenn du nichts dagegen hast, könnten wir ja mal ... Auch wenn deine Eltern meinten, wir sollten erst mal ganz in Ruhe ...«

»Wir können uns gerne treffen«, unterbrach ihn Larissa

beinahe ruppig und schluckte die letzte Spucke hinunter, damit sie nicht wieder zu krächzen begann. Sie musste jetzt wirklich ganz dringend etwas trinken. »Wann?«

»Äh, ja, wann«, wiederholte Philip verblüfft. »Wann hättest du denn Zeit? Du hast bestimmt sehr viel mit Schule und so um die Ohren.«

»Mittwoch«, sagte Larissa. »Mittwoch ist gut. Da habe ich nur vier Stunden und die letzte Stunde Sport.«

»Gerne, total gerne. Wollen wir uns in der Stadt treffen? Wohin gehst du denn gerne?« Seine Stimme erinnerte Larissa plötzlich an den Wolf auf ihrer alten Rotkäppchen-CD, nachdem er Kreide gefressen hatte.

Vor Schreck vergaß sie Luft zu holen. Ich werde noch irre, wenn ich mich nicht zusammenreiße, dachte sie und versuchte, gleichmäßig weiterzuatmen.

Laut und deutlich antwortete sie »Zoo. Ich gehe am liebsten in den Zoo.«

Philip von Föhren lachte. Jetzt hörte er sich nicht mehr an wie Rotkäppchens Wolf, sondern wie Woody Woodpecker. »Zoo ist super. Dort war ich schon eine halbe Ewigkeit nicht mehr. Wenn ich genau überlege, war ich das letzte Mal in Los Angeles in einem Zoo. Mit deiner Mutter.« Er fügte leise hinzu: »Ich meine, mit Marlies.«

Sie schwiegen für einen kurzen Augenblick.

»Also Mittwoch«, sagte Larissa schließlich. »Um drei im Zoo. Tschüs dann.« Sie legte auf, bevor Philip etwas erwidern konnte. Für einen Augenblick blieb sie bewegungslos auf dem Sofa liegen und starrte an die Decke.

Erst als sie ganz sicher war, dass das Telefon nicht noch einmal klingen würde, rannte sie in die Küche und trank die Mineralwasserflasche leer.

Langsam ging sie zurück ins Wohnzimmer und schaltete den Fernseher an.

Es lief eine Tiersendung. Sie kuschelte sich in die Wolldecke, die ihre Mutter immer auf dem Sofa liegen hatte, und guckte sich an, wie ein Löwenpaar seine Jungen aufzog. Ging ganz schön ruppig bei denen zu.

Irgendwann schlief sie einfach ein und wachte erst auf, als ihre Mutter mit Lars im Wohnzimmer auftauchte und überrascht den Fernseher ausschaltete.

Die nächsten Stunden gingen nur im Schneckentempo um. Larissa war im Nachhinein total froh, dass sie – unfreiwillig zwar – vorgeschlafen hatte. Dieser Videodreh dauerte bestimmt die halbe Nacht. Auch wenn ihre Mutter gleich wieder schrecklich besorgt gewesen war, als sie Larissa so tief schlafend gefunden hatte, und gleich darauf bestanden hatte, bei ihr Fieber zu messen. Zu ihrer Überraschung hatte Larissa tatsächlich erhöhte Temperatur. Das konnte eigentlich nur an der ganzen Aufregung in den letzten Tagen liegen.

Um ihre Eltern nicht zu beunruhigen, erzählte sie nicht, dass Philip angerufen hatte, und erst recht nicht, dass sie mit ihm im Zoo verabredet war. Es konnte aber genauso gut sein, dass sie einfach nicht wollte, dass ihre Eltern das Treffen verhinderten. Zuzutrauen war es ihnen nämlich. Sie wunderte sich immer noch, dass ihr Vater so plötzlich seine Einstellung dazu geändert hatte, und wurde den Gedanken nicht los, dass nicht nur ihr Verhalten der Grund gewesen war, sondern dass bei dem Treffen mit Philip noch etwas passiert war, das sein Umdenken bewirkt hatte. Vielleicht konnte Larissa am Mittwoch herausfinden, was es war.

Ob es mit ihrer echten Mutter zusammenhing? Sie hatte das Gefühl gehabt, dass es Philip schwerfiel, über sie zu sprechen. Bestimmt tat es ihm leid, dass sie sich getrennt hatten. Womöglich fühlte er sich für ihren Autounfall verantwortlich. Alles Fragen, die sich Larissa nie zuvor gestellt hatte, die ihr aber jetzt im Kopf herumgeisterten und denen sie auf den Grund gehen wollte. Aber dazu musste sie Philip erst einmal kennenlernen.

Um einer Erkältung vorzubeugen, kochte ihre Mutter einen Kräutertee, der eklig nach Lakritze schmeckte, und ließ sie eine abgezählte Anzahl Globuli schlucken. »Am besten, du gehst früh ins Bett«, schlug sie vor. »Und«, das galt Lars, »Vorlesen mit Larissa fällt heute aus. Das übernehme ich. Larissa hat schon eine ganz kratzige Stimme.«

Lars war enttäuscht. »Schade. Larissa betont viel besser …«

Larissa nahm ihren Bruder tröstend in den Arm. »Morgen wieder«, sagte sie. »Dann geht es mir bestimmt besser. Und du darfst dir was aussuchen.« Sie gab ihm einen Gutenachtkuss.

»*Hänsel und Gretel*«, jubelte Lars.

Larissa schüttelte den Kopf. »Ich weiß nicht, warum du dieses blöde Märchen so gut findest«, sagte sie.

»War bei dir doch genauso.« Ihre Mutter lachte. »An deinem sechsten Geburtstag hast du dir gewünscht, dass ich es dir dreimal hintereinander vorlese.«

Larissa guckte ungläubig. »Verrückt«, murmelte sie. »Ich kann mich echt null daran erinnern.« Dann legte sie sich mit Jeans und Sweater ins Bett und wartete einfach darauf, dass die Zeit verging. Erst kurz vor zehn kam ihr Vater nach Hause. Gerade als sie sich fragte, ob ihre Eltern rechtzeitig ins Bett gingen, hörte sie die Dusche im Elternbadezimmer rauschen.

Zum Glück! Erleichtert stand sie auf und zog ihre Wanderschuhe an. In denen hatte sie den besten Halt, denn es war nicht ungefährlich, die Feuertreppe hinunterzuklettern, besonders im Dunkeln. Wenn sie den Abstieg geschafft hatte, musste sie noch aufpassen, dass sie den Bewegungsmelder nicht aktivierte.

Endlich ging im Flur und im Treppenhaus das Licht aus, und sie hörte, wie sich die Schlafzimmertür schloss. Für einen kurzen Moment überlegte sie, ob sie wieder den Stuhl unter die Türklinke klemmen sollte. Nein, das war nicht besonders schlau. Viel besser war es, wenn sie ihr Bett so herrichtete, dass es aussah, als ob sie tief eingemummelt darin schlief.

Mit klopfendem Herzen öffnete sie die Fensterflügel, setzte sich auf die Fensterbank, holte tief Luft und schwang sich mutig auf die Feuerleiter.

Früher war Larissa häufig die Feuerleiter hinauf- und hinuntergeklettert, auch wenn ihre Eltern es streng verboten hatten. Sie hatte es als eine Art Mutprobe betrachtet, und das zahlte sich nun aus. Ohne abzurutschen, kletterte sie in Windeseile hinunter in den Garten.

Erste Hürde geschafft. Als Nächstes musste sie die Lichtschranken umgehen. Das war ein bisschen wie *Nicht den Fußboden berühren* bei Pippi Langstrumpf. Auch darin hatte sie Übung.

Ihr Fahrrad hatte sie schon am Nachmittag eine Straße weiter so versteckt abgestellt, dass es niemandem auffiel. Atemlos vor Aufregung erreichte sie es. Erst jetzt schrieb sie Luka eine WhatsApp.

Hey, alles gut – fahre jetzt los. Lari.

Zwei Sekunden später kam eine Antwort zurück.

Super! Freuen uns schon. Stimmung cool.
Fahr vorsichtig. Luke.

Auf einmal fiel alle Angst von Larissa ab. Sie spürte nur ein abenteuerliches Kribbeln in ihrem Bauch. Endlich passierte wirklich mal was Tolles in ihrem Leben. Sie schwang sich auf den Sattel und spurtete los. Jetzt musste sie nur aufpassen, dass sie in keine Polizeikontrolle geriet. Ihren Ausweis hatte sie zu Hause gelassen. Falls man sie anhielt, würde sie sich schon irgendwie rausreden. Das war sie ja aus der Schule gewöhnt. Wenn es nicht gerade um Aufsätze ging, konnte sie ganz gut quatschen.

Aber es würde schon alles gut gehen.

14

NACH EINEM NEUEN HÖCHSTGESCHWINDIGKEITSREKORD bremste Larissa direkt vor dem Stadtbad ab. Suchend schaute sie sich um. Außer zwei parkenden Kombis war nichts zu sehen. Alles stockdunkel. Aber dann hörte sie ganz entfernt Musik, Indiefolkrock, wenn sie nicht ganz danebenlag. Gerade als sie überlegte, ob sie einfach gegen die Scheiben klopfen konnte, ohne dass irgendein blöder Alarm losdröhnte, verstummte die Musik. Dafür piepte ihr Handy.

Hey. Wann bist du da?
Wir sind so weit fertig mit Aufbau.

Oh Mann. Larissa schlug sich mit der flachen Hand gegen die Stirn. Warum war sie nicht selber darauf gekommen, Luka zu schreiben!

Gerade angekommen, meldete sie.

Kurz darauf ging ein schmales Licht im Flur des Stadtbads an, und eine Frau, die ihrer Kunstlehrerin zum Verwechseln ähnlich sah, schloss die Eingangstür auf.

»Hallo, ich heiße Barbara und bin von der Produktionsfirma Lilac Tomatoes. Heute mache ich auch die Kamera, weil unser Kameramann Jon im Zollhaus dreht«, sagte sie freundlich. »Und du bist wahrscheinlich Larissa?«

Larissa nickte. Da war sie wieder mal, ihre Unsicherheit. Sie schüttelte sich ärgerlich, als ob sie das Gefühl einfach abstreifen könnte wie eine störende Haut. Barbara schien nichts zu bemerken, sondern plauderte munter weiter, während sie hinter Larissa die Tür abschloss.

»Super, dass du uns aushilfst. Licht, Tonanlage und den anderen Kram haben wir schon aufgebaut. Aber für die Kostüme haben wir auf die Schnelle einfach niemanden gefunden, und das kann ich nicht auch noch mitmachen. Die Jungs sind hinten im Becken, schwimmen sich noch schnell eine Runde warm. Gehst du in Lukas Klasse?«

»Nicht ganz«, antwortete Larissa vage. Sie war sich nicht sicher, was Luka Barbara über sie erzählt hatte. Eines war klar: Eigentlich durfte sie um diese Uhrzeit gar nicht mehr allein unterwegs sein.

Aber Barbara schien sich nicht wirklich für ihr Alter zu interessieren. »Es war wirklich schwer, dieses Schwimmbad zu mieten«, erzählte Barbara weiter. »Wenn meine Schwester nicht in der Stadtverwaltung arbeiten würde, hätte der Dreh auch gar nicht geklappt. Aber die verrückte Idee der Jungs, hier ihren Song aufzunehmen, finde ich wirklich gut.« Als sie endlich die Becken erreichten, musste Larissa lachen.

Das Planschbecken war mit viel rosa Tüll und pastellfarbigen Dekostoffen zu einer Art Lillifee-Kinderzimmer-Planschbecken umgebaut. Auf einer aufblasbaren Gummiinsel mit Palme thronte ein Schneemann aus Styropor, im Wasser trudelten hellblaue Einhörner und riesige Goldfische aus Plastik herum, und auf einer quer über das Becken gespannten Wäscheleine hingen eine glitzernde Sonne, ein phosphoreszierender Mond und jede Menge blinkender Sterne.

Ganz entfernt erinnerte Larissa die Stoffdeko an ihren eigenen missglückten Versuch, ihr Zimmer für Lukas Besuch umzugestalten. *Christo-Methode* hatte Luka das genannt, wenn sie sich recht erinnerte, und ziemlich darüber gelacht. Aber offensichtlich hatte er sich von diesem Eindruck inspirieren lassen. Auch wenn er das sicher niemals zugeben würde.

Um das Becken herum standen jede Menge Scheinwerfer, und als Requisiten getarnte Mikros hingen über dem Planschbecken.

»Ist ja ziemlich abgefahren«, brachte sie schließlich heraus. »Aber was genau wird das hier? Nehmt ihr Schlaflieder auf oder 'ne Kindergarten-CD? Wie das Bühnenbild für einen Rocksong kommt mir das nicht vor.«

Barbara nickte. »Das habe ich auch erst überlegt. Aber frag mal Luka. Der kann dir das besser beantworten. Er hat sich das alles alleine ausgedacht. Der Junge hat echt Phantasie. Ich will die Jungs jetzt sowieso aus dem Wasser scheuchen, damit wir anfangen können. Spätestens vor dem Frühschwimmen um sechs müssen wir fertig sein.«

Und ich will dann längst wieder in meinem Bett liegen, dachte Larissa. Sonst bekomme ich bis an mein Lebensende Hausarrest.

Pudelnass kamen die Jungs zu ihr rüber. Luka sah sie erwartungsvoll an. »Na, wie findest du es?«

»Cool«, sagte Larissa. »Jetzt bin ich aber auf den Song gespannt. Hoffentlich ist es nicht *La Le Lu.*«

Die anderen Jungs lachten los. Der größte von ihnen mit streichholzkurzem blondem Haar und außergewöhnlich gut aussehend (Das wäre Suses Typ, dachte Larissa sofort) rief: »Alter, sie hat dich voll durchschaut. Macht sie deshalb bei uns mit?«

Er streckte Larissa die Hand hin und sagte: »Hallo, wir sind MANGA, also, das ist unser Bandname, und ich bin Tim, der Sänger von dem Haufen.«

Er zeigte auf die anderen drei unbekannten Jungs und stellte sie nacheinander vor. »Christian: Keyboard, Martin: Schlagzeug, Pelle: Gitarre, und Luka kennst du ja, der spielt Bass. Ich steige aber erst mal aus und gehe für ein Schuljahr nach Australien, Schüleraustausch. Wir haben meinen Ersatzmann gerade erst gecastet, deshalb mache ich bei dem Video noch mit. Er selber konnte heute nicht kommen. Ist ihm zu spät – oder seiner Mum.«

Sie begrüßten Larissa alle nacheinander mit Handschlag. Larissa atmete erleichtert aus. Sie fand alle Jungs richtig nett, und Barbara kam zum Glück nicht auf die Idee, nach ihrem Alter zu fragen.

»Was genau soll ich jetzt tun?«, fragte Larissa neugierig und setzte sich auf den warmen Fußboden. »Um was geht es in dem Song überhaupt?«

Luka wickelte sich in ein großes Handtuch und ließ sich neben Larissa auf die Fliesen plumpsen. »Der Song fängt wie ein ganz langsames Indiefolk-Liebeslied an und endet schließlich in richtig fetzigem Rock. Er handelt von einem Typen, der unsterblich in ein Mädchen namens Lilli verliebt ist. Die ist so ein richtiges Lillifee-Mädchen. Nur älter. Um ihr Herz zu gewinnen, macht er alles mit, was Lilli gut findet. Schenkt ihr ein Einhorn, holt ihr mit einem Zauberstab die Glitzersterne vom Himmel. Aber Lillifee liebt in Wirklichkeit nur den Schneemann. Dem schenkt sie einen goldenen Zylinder und paddelt mit ihm auf einer schwimmenden Palmeninsel auf Nimmerwiedersehen davon – damit bricht sie dem anderen das Herz.«

»Oh«, sagte Larissa betroffen. »Aber das ist ja voll traurig. Warum geht die Story denn nicht gut aus?«

»Tja«, antwortete Luka, »weil die Lillifee-Mädchen eben genau so drauf sind. Sie führen dich an der Nase herum, und dann lassen sie dich eiskalt sitzen.« Er ging weg, um sich trockene Sachen anzuziehen.

Larissa schüttelte den Kopf. »Aber es gibt doch in echt gar keine Lillifee-Mädchen«, sagte sie zu Tim.

Tim grinste. »Hast du eine Ahnung. Du weißt es nicht, weil du selber keins bist. Oder?«

Larissa schüttelte den Kopf. »Natürlich nicht«, sagte sie.

Tim zwinkerte ihr zu. »Glaube ich dir aufs Wort. Sonst hätte dich Luka auch sicher nicht mitgebracht. Von Lillifees hat er die Nase voll.«

Larissa schaute ihn überrascht an. »Wie meinst du das?«

Tim legte den Finger auf seinen Mund und sagte »Pst. Danach musst du Luka schon selber fragen.«

Während die Jungs in kurzen Hosen und Shirts ihre Instrumente vor dem Planschbecken aufbauten, fragte Larissa erneut: »Und was genau soll ich machen?« Sie sah Barbara an.

»Du bist dafür zuständig, die Jungs aufzupeppen. Ich finde zum Beispiel diese kurzen Hosen so phantasielos, fehlen nur noch Sandalen. Das sieht doch echt spießig aus. Wofür brauchen wir dann überhaupt so eine crazy Bühne«, sagte Barbara. »Ich habe aus unserem Fundus noch Glitzeranzüge, knallbunte Hemden und sogar eine Ritterrüstung mitgebracht. Vielleicht kannst du die Jungs einfach dazu überreden, sich von ihren Straßenklamotten zu trennen und sich für den Dreh zu verkleiden. Das muss natürlich zu unserem Song passen. Luka meinte, du kannst so was. Komm mal mit. Ich zeig dir was Tolles. Da drüben in der Kiste findest du alles, was du brauchst.«

Einen Berg Klamotten aus dem Theaterfundus fand Larissa mindestens genauso spannend wie Leseratten eine Buchhandlung oder Naschkatzen eine Schokoladenfabrik.

»SEHR COOL!«, rief Larissa begeistert, während sie die Kiste durchstöberte. Sie legte die Kleider nebeneinander auf den Fliesen aus und rief die Jungs mit Barbara zusammen zu sich. »Also, Tim muss natürlich den Glitzeranzug anziehen, weil er sich kleidet wie Lillifee, um ihr Herz zu erobern«, schlug sie vor. »Und der Schlagzeuger trägt die Ritterrüstung. Das passt zu seinem Instrument. Bass und Gitarre können diese knallbunten Röhrenhosen anziehen und dazu Shirts, die ich selber genäht habe, sie sind Hippiestyle, das passt gut dazu. Der Keyboarder macht sich schick mit diesem schwarz-weiß karierten Anzug, der aussieht wie ein Schachbrett, und dazu bindet er sich eine Krawatte aus diesem Schlangenleder um. Und fertig ist das Styling.«

Sie schaute erwartungsvoll in die Runde.

»Cool, sehr cool«, lobte Tim sie. »Für dich ziehe ich sogar diesen krassen Anzug an.«

»… und ich die Ritterrüstung.« Der Schlagzeuger grinste. »Hoffentlich werde ich darin nicht gegrillt, wenn erst die Scheinwerfer an sind. Aber mal im Ernst: Du hast echt tolle Ideen. Zeig uns mal deine Shirts!«

Larissa bekam einen ganz roten Kopf vor Freude. Sie öffnete ihren Rucksack und holte die Shirts heraus.

Luka schnappte sich Larissa Lieblingsshirt und streifte es sich über.

»Passt! Wie für mich gemacht«, sagte er. »Hast du die Klamotten wirklich selber genäht?«, fragte er ungläubig.

»Glaubst du, ich behaupte das nur?«, fragte Larissa.

»Nee, natürlich nicht«, antwortete Luka ein wenig kleinlaut. »Ich kann es gerade nur nicht glauben. Ich kenne niemanden, der so gut nähen kann.«

»Doch, mich«, antwortete Larissa etwas genervt.

»So, Leute, jetzt zieht euch mal um, es geht los«, rief Barbara und klatschte in die Hände wie Larissas Sportlehrer. Fehlte nur noch die Trillerpfeife.

Überhaupt stellte Larissa schnell fest, dass ein Video zu drehen eine ziemlich schweißtreibende Arbeit war. Der Song war natürlich nicht beim ersten Durchgang im Kasten. Er musste immer und immer wieder wiederholt werden. Das war für alle ziemlich anstrengend.

Auch Larissa kam ganz schön ins Schwitzen. Zwischendurch stieg Christian immer wieder aus seiner Ritterrüstung heraus, sonst hätte er darin wirklich einen Hitzschlag bekommen. Und selbst Pelle und Luka hatten ihre Shirts im Nu durchgeschwitzt, sie klebten wie nasse Lappen auf ihrer Haut. Schließlich kam Larissa auf die Idee, sie zwischendurch trocken zu föhnen.

Tim war ein bisschen zu kräftig für den Glitzeranzug, und so klafften ständig die Nähte auf. Kurzerhand befahl Larissa ihm, die Hose wieder auszuziehen. Vorsichtig trennte sie die Seitennaht mit einer Nagelschere auf und nähte die Hose neu zusammen. Jetzt saß sie wie angegossen!

»Solltest du immer tragen«, rief sie übermütig. »Steht dir.«

»Pass bloß auf«, drohte ihr Tim. »Kleine Taufe gefällig? Immerhin bist du neu im Team. Da ist das eigentlich so üblich. Sonst machen die Leute das beim Film ja mit Sekt. Aber vielleicht reichen dir auch ein paar Tropfen Pipiwasser aus dem Babybecken.«

Larissa lachte. »Nö, danke, darauf kann ich verzichten.«

Der Songtext und die Melodie – beides von Luka – waren wunderschön, fand Larissa. Wenn sie ehrlich war, hatte sie ihm das gar nicht zugetraut. Genauso wenig, wie er geglaubt hatte, dass sie so gut nähen konnte. Sie waren also quitt.

Die Story endete damit, dass der verlassene Sänger im Schnee steht und sein Herz vor Liebeskummer erfriert.

»Irgendwas fehlt da noch«, grübelte Larissa. »So ein i-Tüpfelchen am Ende.«

Lukas sah sie fragend an. »Was meinst du denn damit?«

Larissa zuckte mit den Achseln. »Ich finde diese Styroporkugeln, die über Tim ausgeschüttet werden und die den Schnee symbolisieren sollen, einfach nicht krass genug. Das sieht so nach Kindergeburtstag aus«, erwiderte sie. »Es müsste vielmehr so sein, dass alle Leute zusammenzucken und mit ihm frieren. So wie sein Herz einfriert.« Sie guckte Luka eindringlich an. »Verstehst du, was ich meine? Jeder muss es fühlen können. Es muss einem kalt über den Rücken laufen.«

Plötzlich hatte sie **die** Idee. »Eiswürfel, na klar. Eiswürfel. Hast du nicht gesagt, heute gibt es Eiswürfel?!«

Luka lachte. »Ja, habe ich gesagt, aber nur in unseren Cocktails, wenn das Ding im Kasten ist.«

Larissa runzelte die Stirn. »Jetzt brauchen wir aber sofort einen ganzen Eimer«, sagte sie aufgeregt. »Stellt euch vor, dass Tim zum Schluss eine riesige Ladung Eiswürfel über den Kopf bekommt. Da weiß jeder sofort, wie schrecklich er sich fühlt.«

Die Jungs fingen vor Begeisterung an zu klatschen. »Das ist ja total abgefahren«, rief Tim. »Dann musst du dich aber als Lillifee verkleiden und mir die Eiswürfel über den Kopf kippen, das kommt bestimmt supergut.«

Larissa schüttelte den Kopf. »Nie im Leben zwänge ich mich freiwillig in ein Lillifee-Kostüm.«

Luka grinste.

»Rosa steht dir bestimmt gut«, sagte er. »Spaß beiseite. Ich finde deine Eiswürfel-Idee und auch die Idee von Tim total klasse. Du ziehst natürlich kein Lillifee-Kostüm an, das haben wir sowieso nicht. Es reicht, wenn du dich in so ein rosa Tüllteil einwickelst und mit einem Glitzerstab herumfuchtelst. Dann nimmst du die Eiswürfel und kippst sie Tim über den Kopf. Macht das bitte. Das toppt alles, was wir bisher gedreht haben.«

Larissa gab sich einen Ruck. »Gut, ich mache es.«

»Das ist wirklich super!«, rief Barbara. »Ich rufe sofort den Pizzaservice an und bestelle genügend Eiswürfel.« Sie verschwand mit ihrem Handy.

Wenig später schleppten zwei Männer mehrere Kisten Eiswürfel ins Schwimmbad.

Larissa schnappte sich eine Bahn rosa Tüll und schlug sich kunstvoll darin ein. Da Tüll ziemlich rutschig ist, nähte sie den Stoff einfach um sich herum zu.

»So machen das die Schauspielerinnen in Hollywood auch.« Christian grinste. »Aber dann richtig krass eng und nichts darunter.«

Larissa grinste frech zurück. »Sorry, aber das muss ich echt nicht haben«, sagte sie. »Aber zum Glück werde ich ja belohnt.«

Sie kletterte auf eine Kaktusattrappe aus Holz und kippte Tim einen Eimer Eiswürfel über den Kopf.

Es war schon halb vier, als die letzte Szene im Kasten war. Plötzlich wurde Larissa sehr müde.

»Was ist jetzt?«, fragte Christian und schälte sich aus seiner dampfenden Ritterrüstung. »Für jeden noch einen Cocktail zum Abkühlen, bevor wir hier aufräumen.« Er sah Larissa fragend an. »Bist du dabei?«

Larissa schüttelte den Kopf. »Ich muss noch mit dem Rad nach Hause kommen, und zwar so schnell wie möglich.« Sie warf Luka einen vielsagenden Blick zu.

Luka nickte. »Stimmt. Larissa muss jetzt echt los, ist schon sauspät. Soll ich dich mit dem Fahrrad begleiten?«

Larissa zögerte. Sie wollte Luka nicht den Spaß verderben. Andererseits war ihr jetzt schon ein wenig mulmig, um die Uhrzeit alleine nach Hause zu fahren.

»Ich bring dich mit dem Auto rum«, sagte Barbara. »Ich habe ja den Kombi.«

»Das ist wirklich nett von dir«, sagte Larissa dankbar. Sie verabschiedete sich von der Band wie von alten Freunden. Ihre selbst genähten Shirts ließ sie da. »Die schenke ich euch zur Erinnerung.«

»Das hast du echt toll gemacht!«, sagte Luka. »Gibt es was Neues von der Paketpost?« Er zwinkerte ihr zu.

Larissa nickte. »Ja. Mittwochnachmittag im Zoo.«

»Wow, und das sagst du so nebenbei …«

Barbara mischte sich ein. »Das könnt ihr doch auch morgen in der Schule bequatschen. Los, Larissa. Du kannst ja kaum noch aus den Augen gucken.«

Sie verstaute Larissas Fahrrad im Kofferraum, und dann fuhren sie los.

»Seit wann nähst du denn schon?«, fragte sie Larissa auf dem Weg nach Hause.

»Ich fand Nähen schon immer spannend«, sagte Larissa. »Als ich klein war, habe ich die Klamotten für meine Puppen zusammengetackert. Das mach ich heute manchmal noch so, wenn ich Flicken benutze. Ich nähe sogar gerne Knöpfe an. Die kann man auch gut als Borte verwenden oder als Gürtelersatz.«

»Na, das kann mir nicht passieren. Knöpfe annähen finde ich ganz furchtbar.«

Larissa kicherte. Diese Reaktion passte irgendwie zu Barbara.

»Du bist aber nicht so alt wie die Jungs«, sagte Barbara

plötzlich. »Luke ist der Jüngste in der Band. Du bist aber noch jünger als er, oder?«

Larissa nickte.

Barbara warf ihr einen kurzen Blick von der Seite zu. »Na, jetzt sag schon. Wie alt bist du denn?«

Larissa schluckte. Es wäre leicht gewesen, Barbara einfach anzulügen. Sie wollte sicher nicht ihren Personalausweis sehen. Aber irgendwie konnte sie das nicht. Deshalb sagte sie die Wahrheit. »Ich bin fünfzehn.« Ihre Stimme kratzte wieder ganz fürchterlich.

»Was?«, sagte Barbara. »Na, da habe ich mich aber auf dünnes Eis begeben. Diese Jungs haben es wirklich faustdick hinter den Ohren.«

Larissa sackte tiefer in ihren Sitz. »Bist du jetzt sehr sauer?«, fragte sie kleinlaut. »Ich wollte Luka und seiner Band so gerne einen Gefallen tun, und aufregend fand ich die ganze Sache auch. Jetzt noch mehr als vorher.«

Barbara schüttelte den Kopf. »Nee, sauer bin ich nicht, hätte aber auch schiefgehen können, und dann hätte ich das Jugendamt am Hals gehabt und jede Menge Ärger. Aber ich finde dich so unglaublich begabt und bin froh, dass ich dich kennengelernt habe. Wo machst du denn dein Schulpraktikum eigentlich? Du kannst dich vor Zusagen wahrscheinlich gar nicht retten.«

Larissa seufzte. »Von wegen. Ich habe nur eine einzige Praktikumsstelle in Aussicht, und die hat mir mein Vater vermittelt. Das hat aber gar nichts mit Kostüm oder so zu tun, sondern mit Mathe. Ich hab nämlich eine mathematische Hochbegabung, leider.«

Barbara stieß einen lauten Schrei aus. »Du Glückspilz. Du bist also so eine, die immer nur Einsen in Mathe schreibt? Ich hätte ein ganzes Jahr Taschengeld mit dir getauscht, wenn es mir früher so gegangen wäre. Ich werde echt gleich neidisch … Du bist also nicht nur die perfekte Stylistin mit supersüßen Ideen. Du bist auch noch ein Mathegenie. WAAAAAAHNSINN!«

Larissa guckte verlegen aus dem Fenster auf die leere Straße. »Na, so toll ist das nun auch wieder nicht«, widersprach sie. »Man handelt sich damit auch jede Menge Stress ein. Mein Vater möchte zum Beispiel unbedingt, dass ich auf ein naturwissenschaftliches Internat gehe. Darauf habe ich aber wirklich null Bock.«

Barbara bog in den Eichhörnchensteig ein. »Dann hast du gar keine große Lust auf das Praktikum, das du in Aussicht hast?«, fragte sie hoffnungsvoll. »Dann komm doch zu uns in die Firma. Ich würde dich echt mit Handkuss nehmen, und du könntest alles so ummodeln, wie du möchtest.«

Larissa konnte ihr Glück gar nicht fassen. »Na klar, das fände ich einfach super. Das können mir meine Eltern nicht ausschlagen. Ach, übrigens: Können wir ein Stück vor unserem Haus anhalten?«

Barbara bremste und brachte das Auto zum Stehen. »Ich will lieber nicht so genau wissen, wie du in dein Bett gelangst«, sagte sie. »Aber ich finde es toll, dass du bei uns einsteigst. Praktikanten in deinem Alter arbeiten natürlich nur tagsüber. Das hier war die totale Ausnahme und bleibt unter uns.« Sie zwinkerte Larissa zu. »Schlag ein, und dein Praktikumsplatz ist geritzt.« Sie hielt Larissa ihre Hand hin.

Larissa schlug ein. »Super, und noch mal vielen Dank für alles!«

Sie sah Barbara nach, bis diese um die Ecke verschwunden war. Dann stellte Larissa ihr Fahrrad ab und ging nach Hause. Über denselben Weg zurück, den sie gekommen war. Niemand hatte bemerkt, dass sie weg gewesen war. Erleichtert ließ sich Larissa auf ihr Bett fallen.

Im selben Augenblick piepte ihr Handy.

Hey. Du bist verdammt cool, aber das Shirt toppt alles. See you. Luke.

Larissa wurde ganz schwindlig vor Freude. Gut, dass sie schon lag. So konnte sie wenigstens nicht vom Hocker kippen. Sie hatte gerade einen der schönsten Tage in ihrem Leben hinter sich. Und das, obwohl sie nicht besonders viel erwartet hatte.

Tja. So konnte es gehen.

15

AM NÄCHSTEN MORGEN radelte sie voller Energie in die Schule, obwohl sie kaum drei Stunden geschlafen hatte. Überraschend war sie noch vor dem Weckerklingeln aufgewacht und hatte zwei tolle Hosenentwürfe auf Papier gekritzelt. Der Tag fing also genauso gut an, wie der gestrige aufgehört hatte.

Auf dem Schulhof lief sie als Erstes ihrer Kunstlehrerin Frau Niketta über den Weg.

»Hallo, Larissa!« Frau Niketta lächelte sie an. »Warum strahlst du denn so?«

»Ach, ich bin total happy«, antwortete Larissa. »Ich habe durch einen totalen Zufall eine super Praktikumsstelle ergattert. Sie raten nie, bei wem. Bei den *Lilac Tomatoes*. Kennen Sie die? Die machen Videos und Werbung. Und ich darf für die Kostümabteilung arbeiten. Ich freue mich schon wie verrückt.«

»Das sind ja wirklich gute Nachrichten«, sagte Frau Niketta. »Und was macht dein Hosenprojekt? Bist du da weitergekommen? Ich finde, du solltest dich unbedingt bewerben, denn ich glaube, du hast eine richtig gute Chance.«

»Ja, bin ich. Hier, schauen Sie mal. Die beiden Entwürfe sind von heute Morgen.«

Frau Niketta betrachtete die Entwürfe genau und drehte den Daumen nach oben. »Perfekt. Und genau die richtige Hose für mich. Wenn du so weit bist, möchte ich die Erste sein, die genau so eine bekommt. Versprichst du mir das?«

Larissa nickte. »Auf jeden Fall!«

»Wenn du willst, kannst du die Zeichnungen am nächsten Montag in den Kunstunterricht mitbringen«, schlug Frau Niketta vor. »Dann zeige ich dir, wie man sie reinzeichnet. Wenn du das geschafft hast, kannst du deine Bewerbung direkt abschicken. Mehr brauchst du dafür nicht.«

Frau Niketta musste das Gespräch abbrechen, weil sich zwei Kleine um einen Fußball prügelten.

Larissa schaute sich nach Luka um, aber sie konnte ihn nirgends entdecken. Dafür tauchte Suse Arm in Arm mit Paul auf. Larissa staunte. Na, das ging ja flott. Anscheinend hatte Paul Suse zu Hause abgeholt.

»Hey, Lari!«, rief Suse ihr gut gelaunt quer über den Schulhof zu und steuerte in ihre Richtung.

Larissa ging dem Pärchen entgegen. »Na, Paul«, sagte sie und grinste. »Bist du zu schwach, um alleine zu laufen?«

Aber Paul sah so idiotisch verliebt aus, dass Larissa beschloss, ihn heute zu verschonen. Sie stellte sich das Drama schon jetzt in allen Details voran, wenn Suse entschied, ihm wieder den Laufpass zu geben. Denn sie konnte sich beim besten Willen nicht vorstellen, dass Suse ebenso verknallt war wie er. So kam sie Larissa einfach nicht vor.

Wie nannte Suse das? Kontrolliertes Verliebtsein. Super, wenn man diese Kunst beherrschte. Suse war darin eine wahre Perfektionistin.

»Sag mal, Paul, hast du Luka heute schon gesehen?«, fragte Larissa.

Paul schüttelte den Kopf. »Kommt heute nicht. Ist krank. Ging schon gestern los mit Kopfschmerzen und so.«

Larissa schüttelte empört den Kopf. »Stimmt doch gar nicht!«

Paul zuckte mit den Achseln. »Dem geht es echt nicht gut«, sagte er. »Wir schreiben heute Bio. Das würde er nicht einfach schwänzen.«

»Hast du eine Ahnung«, rutschte es Larissa heraus.

Suse sah ihre beste Freundin an. »Aha. Und was weißt du, was Paul nicht weiß? Und wenn, woher weißt du das?«

Larissa flüchtete sich in einen Angriff. »Mann, sind wir hier bei der Stasi, oder was? Was stellst du denn für verquirlte Fragen? Ich versteh gerade nur die Hälfte.«

»Gib dir keine Mühe, Lari. Bei mir zieht diese Masche nicht. Aber wenn du mir nicht alles sagst – und damit meine ich alles –, dann mach ich dir echt Feuer unterm Hintern, kapiert?«

Larissa grinste. »Oh, jetzt hab ich aber Angst!«

Suse zog eine Augenbraue hoch und schwieg.

Larissa entschied, dass es an der Zeit war, das Thema zu wechseln und sich über etwas Unverfänglicheres zu unterhalten. Sie war heute Morgen nicht in Fettnäpfchen-Laune.

»Ich hab wieder zwei Hosen gezeichnet. Frau Niketta hat sie schon gesehen und gleich eine in Auftrag gegeben. Vielleicht werde ich doch noch reich. Ach, und außerdem hat mein Erzeuger angerufen, und ich hab mich mit ihm verabredet, für Mittwochnachmittag, im Zoo.«

Suses Augen begannen zu glitzern. Sie ließ Pauls Hand los und hakte sich bei Larissa unter. »IM ZOO? Meint der, du bist noch ein Kleinkind? Aber hey, das sind doch sensationelle News. Warum muss man dir eigentlich alles aus der Nase ziehen? Denk noch mal genau nach. Dir fällt bestimmt noch was ein, was ich unbedingt wissen muss. Und jetzt noch einmal von vorne. **Was weißt du über Luka, was ich nicht weiß?**« Sie sah Larissa streng an.

Larissa bekam einen Lachanfall »Ganz ehrlich, wenn man mit dir befreundet ist, sind Eltern überflüssig. Du bist ja schlimmer als meine Mutter.«

Wie schade, dass ich Luka versprochen habe, niemandem etwas von dem Videodreh zu erzählen. Mit Suse kann man nämlich herrlich Neuigkeiten austauschen und darüber klatschen. Durch das Redeverbot fiel das leider weg. Und dass Luka einfach blaumachte, fand Larissa nicht wirklich toll. Sie hatte sich schließlich auch in die Schule gequält, obwohl sie nur drei Stunden geschlafen hatte. Jungs waren eben Weicheier. Das wusste sie schon länger.

Gerade als es zur ersten Stunde läutete, fiel ihr wieder ein, dass der Direktor eine Besprechung angesetzt hatte, in der es um das bevorstehende Praktikum ging. Mein Platz bei Lilac Tomatoes wird sicher für Getuschel sorgen, dachte sie auf dem Weg in den Gemeinschaftsraum.

Aber das war egal. Der Praktikumsplatz war ein richtiger Lottogewinn. Besser als eine Eins in Deutsch (was ohnehin deutlich unwahrscheinlicher war).

Damit niemand auf die Idee kam, dumm nachzufragen, wie sie an das Praktikum rangekommen war, hatte sich Larissa noch vor dem Einschlafen überlegt, einfach zu erzählen, dass sie die Chefin von *Lilac Tomatoes* im Schwimmbad kennengelernt hatte. Das klang total einleuchtend und war im Grunde ja auch wahr.

Womit Larissa allerdings nicht gerechnet hatte: Die Fachlehrer nahmen auch an der Besprechung teil. Und als Larissa an der Reihe war und *Lilac Tomatoes* als Praktikumsplatz nannte, stieß Dr. Brehm hörbar Luft durch die Nase aus. Konnte es sein, dass ihr Vater mit Dr. Brehm telefoniert hatte? Schließlich waren beide völlig versessen darauf, Larissas Karriere als Mathegenie anzuschieben.

Suse wollte ein Praktikum bei ihrer Mutter in der Buchhandlung machen. Dort half sie ohnehin jeden Samstag aus, um ihr Taschengeld aufzubessern.

»Hey, Larissa«, legte Suse direkt nach der Versammlung los. »Manchmal hast du einfach so einen Dusel. Aber echt. Warum bin ich nicht mal wieder schwimmen gewesen und habe die Chefin von *Lilac Tomatoes* getroffen?«, jammerte sie. »Das ist die Strafe, weil ich so faul bin. Meine Bauchmuskeln könnten echt mehr Sport vertragen. Fühl mal!« Sie rollte ihr Shirt hoch.

Larissa zwickte ihrer Freundin pflichtschuldig in den Bauch.

»Ahhh, du sollst mich nicht kitzeln, du sollst meine Muskeln testen«, fauchte sie.

»Ich hab nichts gespürt«, sagte Larissa. »Ist da was außer Haut?«

»NA WARTE!«, kreischte Suse. »Dich krieg ich immer noch auf die Knie.«

Larissa wich Suses Angriff geschickt aus und rannte lachend weg.

Geradeweg in Herrn Dr. Brehm hinein. »Oh, sorry«, stammelte sie. »Haben Sie sich wehgetan?«

Dr. Brehm schüttelte den Kopf. »Unsinn. Wie könnte mich ein Floh verletzen?« Herr Dr. Brehm war in der ganzen Schule gefürchtet für seine sarkastischen Sprüche. Larissa blieb normalerweise aber davon verschont. Sie schaute ihn erstaunt an und schwieg. Dr Brehm nickte ohne Unterlass, als ob sein Kopf auf einer unsichtbaren Spirale festgemacht wäre. Das war ansteckend, und Larissa hatte beinahe das Gefühl, mitzuwippen.

»Also. Was soll der Unsinn mit diesen Filmfuzzis?«,

herrschte er sie an. »Dein Vater hatte doch schon längst eine ganz wunderbare Praktikumsstelle an seinem Institut für dich besorgt. Nach diesem Praktikumsplatz lecken sich selbst Studenten die Finger. Also lass den Unsinn und stell das im Sekretariat richtig. Ich habe dem Stufenkoordinator schon so etwas angedeutet.«

Larissa wurde heiß vor Wut. Was maßte ihr Mathelehrer sich an?

»Auf gar keinen Fall«, antwortete sie schroff. »Das war immer schon mein Traum. Und den gebe ich doch nicht wegen so ein paar langweiligen Zahlen auf.« Ihre Stimme war von Silbe zu Silbe höher geworden. Und vor allem deutlich lauter als beabsichtigt.

Suse kam mit einem besorgten Blick näher, um Larissa beizustehen. Sich mit Dr. Brehm anzulegen, war so ziemlich das Dümmste, was man tun konnte. Das wussten sogar schon die Fünftklässler. Aber Suse konnte ihre beste Freundin unmöglich im Stich lassen. »Ist was passiert?«, fragte sie möglichst harmlos.

»UND OB ETWAS PASSIERT IST!«, brüllte Herr Dr. Brehm mit gewaltiger Stimme durch den Flur. »Das Fräulein Wolbeck will zum Film. So ein Unsinn. Dafür hast du doch gar kein Talent. Wie sagt das alte Sprichwort: Schuster, bleib bei deinem Leisten.«

Larissa schossen die Tränen aus den Augen. »HAB ICH WOHL!«, brüllte sie mindestens genauso laut. »Ich kann hervorragend nähen, auch wenn Sie das nicht interessiert. Die Leute von *Lilac Tomatoes* waren total begeistert von meinen Kostümideen. Dagegen fand ich Mathe schon immer langweilig. Auch wenn ich es zufällig gut kann. So. Jetzt ist es raus. Und ich bin echt froh darüber.«

Herr Dr. Brehm war völlig verdattert über so viel Unverschämtheit und starrte seine Vorzeigeschülerin sprachlos an.

Vereinzelt klatschten Schüler gut versteckt hinter Säulen und Schränken Beifall. Was Larissa sich gerade getraut hatte, wünschte sich jeder einzelne Schüler der Sophie-Scholl. Nur offen applaudieren wollte lieber keiner. Außer Suse. »Ja, genau, jetzt ist es raus. Und das ist ja auch gut so. Jetzt können sich alle wieder vertragen«, sagte sie mit sanfter Stimme.

Den Spruch hatte sie vermutlich aus diesen Nachmittagssendungen, in denen wehrlose Psychos regelmäßig durch den Kakao gezogen wurden. Suse guckte diese Sendungen und behauptete allen Ernstes, dass sie der Trash entspannte. Bei Herrn Dr. Brehm erreichte Suse aber nicht die beabsichtigte Wirkung.

»Halt du dich da raus«, wies er sie zurecht. »Oder handelt es sich hier um eine Verschwörung?«

Suse sah Dr. Brehm verwirrt an. »Häh?«

»Antworte gefälligst«, wiederholte er aufgebracht. »Ist das eine Verschwörung gegen mich?« Er sah sich um, als ob er einen Aufmarsch von Schülern erwartete, die auf Krawall gebürstet waren.

Suse war normalerweise ziemlich hart im Nehmen. Aber eines konnte sie überhaupt nicht leiden, nämlich wenn Erwachsene herumschrien. Ob mit Grund oder ohne. Wenn jemand brüllte, selbst wenn sie nicht gemeint war, dann fing sie einfach an zu heulen. Sie konnte nichts dagegen tun. Und deshalb brach sie jetzt in lautes Schluchzen aus. In diesem Augenblick bog Frau Niketta um die Ecke. Sie erkannte sofort, dass etwas nicht in Ordnung war. »Kann ich helfen, Herr Kollege?«, fragte sie und kam eilig näher.

Herr Dr. Brehm dachte nicht daran, ihr zu antworten. Aber Frau Niketta verstand zum Glück auch ohne Erklärung, um was es ging.

»Sind Sie mit Larissas Praktikumsplatz nicht einverstanden?«, fragte sie ruhig. »Jugendliche haben viele Begabungen und vor allem sehr unterschiedliche Vorlieben. Larissa näht gerne, sie entwirft zauberhafte Modelle und wünscht sich, später auf eine Modeschule zu gehen. Sie möchten vermutlich lieber Larissas mathematisches Talent fördern. Beides ist wunderbar. Rechnen zu können ist bei handwerklichen Berufen nie ein Fehler. Und alles andere wird sich später ergeben. Larissa ist ja noch sehr jung. Finden Sie nicht auch?«

Larissa spürte es genauso wie ihr Mathematiklehrer: Gegen Frau Niketta war man machtlos. Dr. Brehm drehte sich wortlos um und verschwand Richtung Lehrerzimmer. Auch Larissa standen die Tränen in den Augen. Gleichzeitig aber war sie total erleichtert, dass sie endlich laut und klar gesagt hatte, was sie sich wirklich wünschte. Nur Suse schluchzte noch immer herzzerreißend.

Frau Niketta nahm sie in den Arm. »Nun ist es aber langsam gut, Suse. Ist doch niemand der Kopf abgerissen worden. Guck dich mal um. Alle Köpfe noch dran.« Suse musste laut lachen und wischte sich mit der Hand ihr verheultes Gesicht trocken.

»Vielen Dank«, sagte Larissa. »Das war echt nett von Ihnen.«

Frau Niketta lächelte. »Und wie geht es dir jetzt?«

Larissa zuckte unschlüssig mit den Achseln. »Weiß ich nicht genau. Aber ich bin losgeworden, was ich schon immer sagen wollte, und es fühlt sich gar nicht schlimm an.«

Frau Niketta klopfte Larissa aufmunternd auf die Schulter und verschwand in den Hof zur Pausenaufsicht.

»Danke, Suse«, sagte Larissa. »Du bist total mutig. Hoffentlich macht Dr. Brehm dir jetzt nicht im Unterricht die Hölle heiß.«

Suse zuckte mit den Schultern. »Und wennschon. Schlechter kann ich in Mathe sowieso nicht mehr werden. Mal gucken. Sonst schicke ich meine Mum in die Sprechstunde. Die ist ähnlich drauf wie Frau Niketta.« Sie lachte. »Aber eine Sache interessiert mich jetzt doch: Hast du nur so gesagt, dass die Leute von *Lilac Tomatoes* deine Kostümentwürfe gut fanden, oder warst du schon mal dort?«

»Ja und nein«, antwortete Larissa zögernd. »Das erzähle ich dir ein andermal. Ich muss mich erst mal von der Sache mit Dr. Brehm erholen. Wahrscheinlich hat er sich sofort ans Telefon gehängt und meinen Vater gebrieft. Ich kann mir schon lebhaft vorstellen, was passiert, wenn ich heute nach Hause komme. Bestimmt geht die Sache dann noch mal von vorne los.«

»Oje«, sagte Suse mitleidig. »Da habe ich es wirklich easy mit meinem Praktikum bei Mama in der Buchhandlung. Da kommandiert mich nur der Auszubildende herum. Also, wenn du Hilfe brauchst – eine WhatsApp genügt, und ich komme mit meinem Schwert vorbei und rette dich.«

Der Rest des Vormittags verlief ganz ohne Aufregung. Selbst die Lehrer ließen Larissa in Ruhe. Vermutlich hatte es sich auch im Lehrerzimmer herumgesprochen, dass sie Streit mit Dr. Brehm gehabt hatte. Larissa konnte sich trotzdem nicht auf den Unterricht konzentrieren. Alle paar Minuten schaute sie aus dem Fenster und hoffte, dass Luka doch noch in der Schule auftauchte. Er hätte ihr ruhig eine WhatsApp schicken können. Außerdem machte sie sich mal wieder Sorgen wegen ihrer Eltern. Der Stress wegen des Praktikumsplatzes war noch nicht zu Ende. Das war ihr ziemlich klar. Aber sie war wild entschlossen, bei *Lilac Tomatoes* anzufangen. Niemand konnte sie zu etwas anderem zwingen. Weil sie sich ohnehin nicht auf den Unterricht konzentrieren konnte, entwarf sie weiter verrückte Sommerhosen.

Am Ende des Vormittags hatte sie fünfzehn Sommerhosen fertig. Und alle sahen einzigartig aus. Das Zeichnen hatte eine entspannende Wirkung auf sie. Das war schon immer so gewesen. Und deshalb radelte sie gut gelaunt nach Hause. Es würde alles gut ausgehen. Davon war sie in diesem Augenblick wirklich überzeugt.

Ihre Mutter war noch nicht da. Bestimmt holte sie Lars ab. Larissa lief ins Arbeitszimmer ihres Vaters und guckte auf seinen Stundenplan. Eigentlich hatte er heute Nachmittag frei. Das hieß, dass er jeden Moment auftauchen würde, wenn ihn kein Student aufhielt oder er keine Dienstbesprechung hatte.

Gerade als sie sich in der Küche ein Käsebrot schmierte, hörte sie die Garagentür zuklappen. »ICH BIN WIEDER DA!«, rief ihr Vater im Flur. Das machte er immer genau so, wenn er nach Hause kam. Normalerweise freute sich Larissa, wenn sie ihn rufen hörte. Heute war das anders. Sofort meldete sich ihr Bauch mit Bauchschmerzen.

Cool bleiben, redete sie sich selber gut zu. Ist doch gar nicht sicher, dass Dr. Brehm Papa angerufen hat. Aber selbst wenn Dr. Brehm nicht gepetzt hatte, war es nötig, die Katze aus dem Sack zu lassen. Und zwar so schnell wie möglich.

»HALLO, PAPA!«, rief sie in den Flur hinaus. »Willst du auch ein Brot? Mama und Lars sind noch nicht da.«

»Ich habe mir unterwegs Streuselkuchen gekauft«, antwortete ihr Vater und kam in die Küche.

Als Larissa in sein Gesicht sah, wusste sie Bescheid. Sie holte tief Luft. »Okay. Dr. Brehm hat dich angerufen, stimmt's?«

Larissas Vater nickte wortlos. Er holte einen Teller aus dem Küchenschrank und legte den Streuselkuchen darauf. Dann schnitt er ihn in kleine Stücke.

»Und?«, fragte Larissa. Sie hatte mit allem Möglichen gerechnet, nur nicht mit Schweigen.

Ihr Vater zuckte mit den Achseln.

»Was soll das bedeuten?«, fragte Larissa alarmiert. »Warum sagst du nichts dazu?«

Ihr Vater seufzte tief. »Was gibt es noch zu sagen? Du hast nicht mit mir gesprochen, sondern dich anders entschieden. Du willst anscheinend nicht mit mir zusammenarbeiten. Vielleicht willst du überhaupt nichts mehr mit mir zu tun haben.«

»Wie kommst du denn auf so einen Scheiß?«, rief Larissa. »Das hat doch nichts mit dir zu tun! Ja, es stimmt. Ich bin gut in Mathe, aber ich möchte lieber Mode entwerfen, das macht mir einfach mehr Spaß, verstehst du das nicht? Mama findet meine selbst genähten Blusen toll, sie hat auch schon meine Schnitte angeguckt. Meine Lehrerin, Frau Niketta, unterstützt mich sogar im Kunstunterricht damit. Wo ist das Problem?«

»Ich bin einfach total enttäuscht von dir.« Dann ging er ins Wohnzimmer, holte die Zeitung aus seiner Aktentasche und begann zu lesen.

Larissa rannte ihm hinterher. »Du bist enttäuscht von mir? Du bist enttäuscht von mir? Soll ich dir mal was sagen? Ich bin enttäuscht von dir. Weil es dich überhaupt nicht interessiert, was ich gut finde. Immer muss alles so laufen, wie du es dir vorstellst. Aber du fragst nie, was mir Spaß macht. Ganz schön traurig. Und jetzt bist du eingeschnappt, weil ich nicht an deinem blöden Mathe-Institut mein Praktikum machen will. Aber weißt du was: Ich finde das stinklangweilig. Nicht alles, was man gut kann, findet man toll. Beim Klamottenentwerfen muss ich mich viel mehr anstrengen. Es ist für mich einfach schöner, als hundert Stellen hinter dem Komma auszurechnen. Und nur damit du es weißt: Am Mittwoch treffe ich mich mit meinem Vater. Vielleicht findet der ja wenigstens cool, was ich mache.«

Sie bildete sich ein, dass er bei den letzten beiden Sätzen kurz zusammengezuckt war. Aber vielleicht hatte sie sich auch getäuscht. Er las wortlos in seiner Zeitung und biss von seinem Kuchen ab.

»Papa?«

Na gut. Keine Antwort war auch eine Antwort.

Plötzlich kam ihr ein verwegener Gedanke. »Ich bin dann mal weg«, sagte sie. »Richte Mama aus, dass ich zum Abendessen wieder da bin.« Sie schnappte ihren Rucksack und ihre Tasche und verließ wütend die Villa.

16

ERST ALS SIE schon die halbe Strecke hinter sich gebracht hatte, war ihr klar, wohin sie radelte. Sie fuhr wieder Richtung Schule, aber nicht zur Sophie-Scholl. Als sie dann endlich vor Lukas Haustür stand, verließ sie der Mut. Das ist doch total verrückt, dachte sie. Der dreht durch, wenn ich einfach bei ihm reinschneie. Ich könnte ihm wenigstens eine WhatsApp schicken. Vielleicht ist er noch in Unterhose oder unter der Dusche. Oder er liegt wirklich krank im Bett. Sofort bekam sie Mitleid. Warum sollte er nicht krank sein? Sommergrippen flogen einen innerhalb von Stunden an.

Vielleicht besuche ich lieber Suse, dachte Larissa. Die hat doch gesagt, sie ist heute Nachmittag zu Hause. Denn eines wollte Larissa auf keinen Fall: wieder zurück in die Villa zu ihrem schweigenden Vater.

Im selben Augenblick vibrierte ihr Handy. Suse schickte ein Selfie.

Es zeigte sie und Paul vor einem riesengroßen Eisbecher mit Sahne. Okay. Diese Sache hatte sich also erledigt.

Larissa kam sich vor wie der einsamste Mensch auf der ganzen Welt.

Plötzlich ging die Eingangstür auf, und sie bekam einen riesigen Schrecken. Es war aber nicht Luka, sondern ein älterer Mann in hautengen Fahrradklamotten, der sein Rennrad herausschob.

Er hielt Larissa höflich die Tür auf. »Bitte sehr.«

Jetzt konnte Larissa gar nicht mehr anders, als wenigstens in den Hausflur hineinzugehen. »Vielen Dank«, sagte sie.

Ein unsichtbarer Faden zog sie bis vor Lukas Wohnungstür. Zu klingeln traute sie sich aber nicht. Während sie noch überlegte, was sie tun sollte, stellte sie sich vor, dass Luka ganz zufällig herauskam. Dann würde er sicher glauben, dass sie ihn ausspionierte. Und dieser Gedanke war noch viel schrecklicher, als einfach zu klopfen.

»Wer ist da?«, fragte Luka einen Augenblick später.

Larissa rutschte das Herz mehrere Etagen tiefer. »Ich bin es«, sagte sie kläglich. »Also, Larissa.«

»Larissa!« Luka riss überrascht die Tür auf.

»Bist du wirklich krank?«, stammelte Larissa.

»Nach was sieht das denn aus?« Luka grinste, und er schien tatsächlich etwas verlegen. Er trug immer noch dieselben Klamotten wie gestern. Selbst das verschwitzte Shirt von ihr hatte er angelassen. Er bemerkte Larissas erstaunten Blick. »Ja, sorry«, sagte er. »Ich war nicht auf Besuch eingestellt. Eigentlich kommt außer Paul nie jemand vorbei. Und der ist ja gerade beschäftigt. Hatte keine Lust, die Waschmaschine anzuwerfen, war zu gemütlich, deine Klamotte. Wenn du den Gestank gar nicht aushältst, sag Bescheid.«

Larissa musste lachen. »Ja, klar«, sagte sie. »Ich meine, nein, alles okay. Ich bin da gar nicht empfindlich. Ich glaub, das Shirt ist Handwäsche. Ich packe die selbst genähten Sachen immer mit in die Dusche.«

Luka nickte anerkennend. »Cooler Trick«, sagte er. »Geh schon mal vor, du kennst ja den Weg. Ich schau mal, ob ich noch etwas zu trinken auftreibe.«

Diesmal war es nicht so ordentlich in Lukas Zimmer, auf und um den Schreibtisch aus Plexiglas stapelten sich Berge von Büchern und Notenblättern.

»Störe ich dich bei der Arbeit?«, fragte Larissa, als Luka mit zwei Flaschen Limonade auftauchte. »Dann gehe ich gleich wieder. Ich hätte ja auch vorher anrufen können oder so.«

Luka schüttelte den Kopf. »Quatsch. Überhaupt nicht. Ich arbeite nur an dem nächsten Song. Das ist immer so. Ein paar Wochen läuft gar nichts, und dann platzt mein Kopf beinahe vor Ideen.«

Er öffnete eine Flasche und reichte sie ihr.

»Kenn ich«, sagte Larissa. »So ähnlich ist es, wenn ich Klamotten entwerfe.« Sie trank einen tiefen Schluck.

»Setz dich doch«, sagte Luka und schaufelte einen Platz auf dem Boden frei.

»Du hattest heute Stress in der Schule, stimmt's?«, fragte Luka.

Larissa sah ihn erstaunt an. »Ja. Dr. Brehm. Weißt du das von Paul?«

Luka grinste. »Von wem sonst?« Er tippte auf sein Handy. »Und ich kriege in zehn Minuten ein Selfie von ihm und deiner Freundin. Echt schräg.«

Larissa nickte. »Finde ich auch krass. Ich hab gar nicht gedacht, dass Paul ihr Typ ist.« Im selben Augenblick wollte sie sich dafür am liebsten auf den Mund schlagen. Welche Gerüchte setzte sie denn in die Welt? Tatsache war, dass das Date mit Paul zwar anders gedacht gewesen war, aber mit einer Knutschorgie geendet hatte.

»Wie meinst du das?«, fragte Luka. »Paul ist jedenfalls über beide Ohren verknallt. Stimmt da irgendwas nicht?«

»Nee, alles okay«, beruhigte ihn Larissa eilig. »Und so Geschmäcker ändern sich auch im Lauf der Zeit.« Sie kaute nervös an ihrer Limoflasche herum. »Ist gestern noch alles gut gelaufen?«, fragte sie. »Habt ihr alles aufgeräumt, bevor das Frühschwimmen losging? Das hat mir total Spaß gemacht, und meine Eltern haben nichts gemerkt.« Sie strahlte ihn an.

»Wir fanden es auch super, und Barbara hat mich gelobt, dass ich dich mitgebracht habe. Da habe ich also deine Lorbeeren geerntet.«

Larissa wurde vor Freude ganz rot. »Damit komme ich schon klar. Hauptsache, ich hab keinen Mist gebaut.«

Luka schüttelte den Kopf. »Im Gegenteil. Barbara würde dich am liebsten bei sämtlichen Videodrehs dabeihaben. Aber das geht ja nicht. Das Schulpraktikum ist dir jedenfalls sicher. Hör bloß nicht auf den Brehm. Der lebt in seiner eigenen Welt und hat mit Kunst nichts am Hut.«

Larissa nickte. »Danke, nett von dir. Blöd nur, dass mein Vater ins selbe Horn bläst. Er hat gesagt, er ist enttäuscht von mir; er glaubt, ich will nichts mehr mit ihm zu tun haben. Ist das nicht megabescheuert? Ich hab es einfach nicht mehr ausgehalten zu Hause. Und deshalb gehe ich dir jetzt auf die Nerven.«

»Kein Problem«, sagte Luka. »Ich fühl mich quasi geehrt.«

Er sah sie nachdenklich an. »Ich hab dich total unterschätzt, weißt du das? Ich dachte, du bist so … also … ich weiß nicht genau, wie ich das sagen soll …«

Larissa grinste. »Meinst du vielleicht, so 'ne Lillifee?« Sie gab ihm einen Schubs. »Hey, du bist ja total gemein.«

»Doch nicht Lillifee«, verteidigte sich Luka. »Eher so eine Mathestreberin, die sich für nichts anderes interessiert als für Bruchrechnung. Total unbedarft. Aber ich weiß ja jetzt, dass das nicht stimmt.«

»Wieso denn?«, fragte Larissa scheinbar harmlos. »Ich bin ja auch hochbegabt in Mathe. Du bist ja nur neidisch.« Sie konnte sich das Lachen nicht mehr verkneifen, so ein unglückliches Gesicht machte Luka. »Du quatschst dich immer mehr rein«, stellte sie genüsslich fest. »Ich fasse zusammen: Ich führe mich auf wie eine Lillifee, aber dann auch wieder nicht, weil ich eine unbedarfte Streberin bin, die total langweilig von morgens bis abends herumrechnet. Ich frage mich echt, wie du es so lange mit mir ausgehalten hast. Haben dir meine Eltern Schmerzensgeld gezahlt? Meinem Vater traue ich alles zu.« Sie kicherte schadenfroh. »Aus der Nummer kommst du nicht mehr so schnell raus.«

»Ist mir jetzt auch klar«, sagte Luka ehrlich verzweifelt. »Kannst du mir verzeihen?«

Larissa lachte. »Du kannst zumindest einen Antrag stellen. Ich werde dann darüber nachdenken. Das dauert aber eine ganze Weile.«

»Könnte ich das Verfahren denn vielleicht verkürzen?«, bat Luka.

»Was genau stellst du dir denn vor?«, fragte Larissa gespannt.

»Na ja«, überlegte Luka, »einen Job beim Film habe ich dir schon besorgt. Eis hast du auch gekriegt. Bleibt ja eigentlich nur noch eine Möglichkeit, vielleicht versuche ich es damit …«

»Womit?« Plötzlich krächzte Larissas Stimme wieder wie in alten Zeiten.

Luka streckte seine Hand nach Larissa aus und zog sie ganz behutsam an sich heran. Larissa schaute wie hypnotisiert in seine knallblauen Augen.

»Ich könnte dich küssen. Das wünsche ich mir nämlich schon ziemlich lange.«

Und dann küssten sie sich eine halbe Ewigkeit.

17

ALS LARISSA AUF IHREM FAHRRAD nach Hause flog, fühlte sie sich so verrückt verliebt, als würde sie tatsächlich durch die Straßen fliegen.

Sie dachte über die letzten Stunden nach. Lukas Kuss hatte von einem auf den anderen Augenblick alles verändert. Nichts war mehr so wie vorher. Sie war nicht nur in Luka verknallt. Sie hatte auch jemanden gefunden, der sie wirklich verstand. Nach dem ersten Kuss hatten sie sich immer weitergeküsst. So lange, bis sie beide keine Luft mehr kriegten. Dann hatte er ihr vorgemacht, wie er seine Songs komponierte – indem er auf seiner Gitarre herumzupfte und nach Akkorden und Melodien suchte.

Larissa konnte kein Instrument spielen. Bisher hatte ihr keines wirklich Spaß gemacht. Aber als Luka ihr den ersten Akkord beibrachte, war sie ganz Feuer und Flamme. Sie hatte mit dem Plektrum – diesem kleinen Blättchen aus Elfenbein – immer wieder denselben Akkord angeschlagen, und Luka hatte dazu gesungen und aus dem Stegreif Texte erfunden, die sich sogar reimten.

Wahnsinn, wie begabt er war!

Danach wollte er unbedingt, dass sie ihm zeigte, wie sie ihre Kleider entwarf. Das konnte sie anfangs gar nicht richtig erklären, es flutschte ihr ja sonst einfach so aus den Fingern – das heißt natürlich dem Bleistift oder der Feder, die sie manchmal benutzte. Wenn sie die Augen zumachte, sah sie das fertige Kleidungsstück bereits vor sich. Dann musste sie sich nur noch sehr konzentrieren und das Modell sozusagen aus ihrem Kopf abzeichnen.

»Verlierst du das Stück denn nie – ich meine, in deinem Kopf, und dann fehlt dir plötzlich ein Bein von der Hose oder ein Arm von der Bluse?«, fragte Luka neugierig.

Larissa lachte. »Nee, warum denn? Dann wünsche ich es mir halt wieder herbei – so Hokuspokus.«

Luka nickte. »Verstehe. Du bist also die Schlangenbeschwörerin der Klamotten«, stellte er fest. »Finde ich echt abgefahren. Genau genommen, mache ich das mit Musik ganz ähnlich. In meinem Kopf und meiner Gitarre befinden sich ganz viele unterschiedliche Melodieschlangen. Und die lasse ich dann einfach in meine Ohren steigen.«

»Ich finde, das hört sich ein bisschen eklig an. Schlangen im Ohr … nein, danke.« Sie rieb sich ihre Ohren mit beiden Handflächen.

»Okay«, gab Luka zu. »Vielleicht ein wenig sehr weit hergeholt.«

»Was für eine Klamotte würdest denn du erfinden, wenn du was für dich entwerfen wolltest?«, fragte Larissa plötzlich neugierig.

»Weiß nicht«, sagte Luka. »Ich habe noch nie darüber nachgedacht.« Er grübelte einen Augenblick. »Dein Shirt – also das, was du mir geschenkt hast, meine ich, das kommt schon sehr an mein Lieblingsstück heran, genauer gesagt: Es **ist** mein Lieblingsstück. Hemden mag ich auch gerne.«

Larissa lächelte. »Ist mir gleich aufgefallen, als ich das erste Mal hier war. Das Hemd, das du angezogen hast, bestand aus einem ganz tollen Stoff. Bist du damals auch zur Probe gegangen? Du hattest es total eilig.«

Luka antwortete nicht, sondern schaute angestrengt auf die Saiten seiner Gitarre und spielte ein paar Akkorde.

»Okay, sorry, ich verstehe, ich wollte dich nicht ausfragen. Passiert mir manchmal einfach so«, sagte Larissa verlegen. »Lillifee?«

Luka nickte stumm und zwinkerte ihr zu. »Lillifee«, wiederholte er.

Er nahm einen Filzstift in die Hand und skizzierte ein Kleidungsstück.

»Was ist das?«, fragte Larissa. »Winnie Puuh?«

»Quatsch!«, rief Luka empört und kitzelte sie mit dem Stift. »Das soll so ein gemütlicher Kaftan sein, wie man ihn früher im Orient trug. Ich hatte mal dieses Märchenbuch *Tausendundeine Nacht*, da hatten die Männer fast alle so ein Ding an. Ist bestimmt superbequem.«

»Alles klar!« Larissa lachte. »Wenn ich meine Skizzen für den Wettbewerb fertig habe, nähe ich dir vielleicht einen.«

Plötzlich war es Abend.

»Ich muss los!«, rief Larissa. »Sonst gibt es noch mehr Ärger.«

Aber dann dauerte es doch noch eine ganze Weile, bis die beiden sich voneinander verabschiedet hatten.

»Schreib mir, und wenn es ganz übel wird, komm ich einfach vorbei.«

Das fand Larissa total nett, aber sie würde sich von nichts und niemandem ihre gute Laune verderben lassen, schwor sie sich.

Sie war spät dran. Bestimmt hatten ihre Eltern schon mit Lars Abendbrot gegessen. Sie legten großen Wert auf feste Essenszeiten. Das war ja auch okay. Larissa hatte ohnehin keinen Hunger. Ihr Bauch war gut gefüllt mit Schmetterlingen.

Als sie in den Flur kam, meldete sie sich spontan mit »Bin wieder da« – so, wie ihr Vater sonst. Keiner antwortete, obwohl im ganzen Haus Licht brannte.

Aber aus dem Arbeitszimmer ihrer Mutter hörte sie laute Stimmen.

»Mama? Hast du Besuch?«, rief sie nach oben und lauschte. Hörte sich fast so an, als ob ihre Mutter Streit hatte. Hoppla. Das war ja sehr ungewöhnlich. Larissa stieg ein paar Treppenstufen hinauf. Streit mit ihrem Vater, stellte sie alarmiert fest. Sie konnte sich an keinen einzigen Moment erinnern, in dem ihre Eltern sich in dem Arbeitszimmer ihrer Mutter lautstark gestritten hätten. Deshalb hatte sie die Stimmen der beiden zuerst gar nicht erkannt. So ein Streit passte einfach nicht zu ihnen.

Schnell übersprang sie die letzten Stufen und blieb vor dem Arbeitszimmer stehen. Die Tür war nur angelehnt. »Wie kannst du nur so egoistisch sein«, hörte sie ihre Mutter klagen. »So wahnsinnig egoistisch. Ich kann nicht glauben, dass du dich so benimmst. Wenn wir sie an diesen Mann verlieren, bist allein du schuld. Das verzeihe ich dir nie. Ich verlange, dass du das wieder in Ordnung bringst. Ihre Entwürfe sind wunderschön.«

Larissa war schockiert. Was geht da denn ab? »Ich habe vorhin einen riesigen Packen in ihrem Zimmer liegen sehen, sie scheint wirklich ununterbrochen zu malen. Warum haben wir das nicht früher bemerkt? Warum hast du dir ihre Zeichnungen nicht wenigstens ein Mal angesehen, bevor du alles in Scherben schlägst? Das ist genau derselbe Grund, aus dem Marlies damals nach Los Angeles gegangen ist. Weil niemand sie angehört hat, weil sich niemand für ihre Arbeiten interessiert hat. Ich auch nicht. Es gibt keinen Tag, an dem ich mir keine Vorwürfe mache. Und als sie schwanger war, war es zu spät. Hätte ich mich früher um sie gekümmert, könnte sie heute noch leben. Das glaubst du nicht? Ich schon. Genau das hat Philip zu uns gesagt. Und deshalb bist du so sauer auf ihn. Weil er recht hat.«

Larissa wurde kalt und heiß zugleich. Ihre Eltern stritten ganz offensichtlich wegen ihr. Und es war deutlich, dass ihre Mutter auf ihrer Seite war.

Ihr Vater warf immer mal ein paar relativierende Wörter dazwischen, aber wenn Larissas Mutter erst einmal anfing, konnte niemand ihren Redefluss so schnell stoppen. Das hatte Larissa von ihr geerbt, auch wenn ihre Mutter in Wirklichkeit ihre Tante war.

Schließlich hielt es Larissa nicht mehr aus. Wenn das so weiterging, schaukelten die beiden sich gegenseitig so hoch, dass sie womöglich sogar die Scheidungskarte zogen, um den anderen kleinzukriegen. Das wollte Larissa auf gar keinen Fall riskieren. Was wurde dann aus Lars? Mehr als die Hälfte der Eltern in ihrer Klasse waren geschieden. Bei ihren eigenen Eltern war so etwas nie ein Thema gewesen. Es gab ja nicht mal Streit. Jedenfalls bis heute. Und Larissa wünschte sich, dass das auch in Zukunft so blieb. Deshalb entschloss sie sich, in die Höhle des Löwen zu gehen und für Ruhe zu sorgen.

Luka hatte sie zum Abschied nicht nur geküsst, er hatte ihr auch sein liebstes Plektrum geschenkt. Das Perlmuttplättchen schimmerte in allen erdenklichen Pastellfarben. Larissa hatte es in ihre Hosentasche gesteckt. Nun zog sie es heraus und drückte einen Kuss darauf. Los, spornte sie sich an. Ab durch die Mitte! Und dann stieß sie die Tür zum Arbeitszimmer auf. »Hallo, Leute«, sagte sie übertrieben locker, und dann legte sie los.

»Tut mir leid, dass ich es zum Abendessen nicht mehr geschafft habe. Aber ich war noch bei Luka, und er hat mir seine Songs vorgesungen und gezeigt, wie man textet. Das ist jetzt nicht überirdisch schwer, ich habe es mir, ehrlich gesagt, schlimmer vorgestellt. Dass ich nicht auf das Mathe-Internat gehe, hat Papa dir wahrscheinlich schon gesagt, Mama; aber es spricht ja nichts dagegen, dass ich trotzdem meine Deutschnote verbessere, oder? Wenn ich auf der Modeschule so ein sauschlechtes Zeugnis vorzeige, dann finden die das bestimmt auch nicht besonders prickelnd, und darauf habe ich echt keine Lust. Alles klar?«

Sie schnappte nach Luft und sah ihre Eltern erwartungsvoll an.

»Was ist denn in dich gefahren, Larissa?«, fragte ihr Vater alarmiert. »Hast du Alkohol getrunken, oder warum plapperst du wie ein überdrehtes Uhrwerk?«

»Das mache ich auch, wenn ich in Fahrt bin. Das ist doch nichts Besonderes, Georg, das hat sie von mir«, sagte Larissas Mutter. »Aber was mich viel mehr beunruhigt, sind diese schrecklichen Flecken auf deinem Hals, Larissa. Du hast dich doch nicht etwa mit Windpocken angesteckt? Bestimmt hat sie Lars auch schon angesteckt, und Swantje hat es jetzt auch. Die beiden hängen doch ständig zusammen. Ich muss unbedingt Swantjes Mutter anrufen!«

Ihre Eltern fingen erneut an, aufeinander einzureden, dieses Mal völlig aneinander vorbei.

Larissa holte tief Luft. »STOPP!«, brüllte sie, so laut es ging. »Damit eins klar ist: Ich habe weder Alkohol getrunken, noch kriege ich Windpocken. Das da auf meinem Hals sind stinknormale Knutschflecken, total harmlos also, und ich rege mich deshalb so auf, weil ich auf keinen Fall möchte, dass ihr euch scheiden lasst oder sonst irgendetwas Schreckliches tut, denn dann haben Lars und ich gar keine Eltern mehr und kein Zuhause, und das wäre das Allerschrecklichste, was uns auf der Welt passieren könnte. Habt ihr das kapiert?« Sie stampfte verzweifelt mit dem Fuß auf, und dann fing sie an, laut zu schluchzen, und konnte gar nicht mehr damit aufhören. Selbst als ihre Eltern sie abwechselnd in den Arm nahmen und trösteten und sie schließlich sogar zu zweit an sich drückten, weinte sie immer weiter.

Erst als ihre Mutter einen Spezialkakao mit doppelt so viel Schokolade wie sonst kochte, wandelte sich das Schluchzen ganz allmählich in normalen Schluckauf. Und während Larissa an dem süßen Getränk nippte, redeten ihre Eltern auf sie ein, als ginge es um Leben und Tod. Und ein bisschen war es ja auch so.

»Ich hab dich so lieb«, sagte ihr Vater immer wieder, dabei wischte er sich sogar ein paar Tränen aus den Augenwinkeln. Larissa konnte sich nicht erinnern, dass sie ihn früher schon einmal so durcheinander erlebt hatte. »Ich schwöre dir, dass ich immer nur das Beste für dich wollte, und das gilt auch für die Zukunft. Es gibt gar nicht so viele Stellen hinter dem Komma, wie ich dich gernhabe.«

Larissa gab ihm schnell ein Taschentuch, damit er sich die Nase putzen konnte, und strich ihm tröstend über die Wangen. Die waren kratzig von seinem Stoppelbart und ganz heiß, weil er sich so aufregte.

»Ich dich auch«, flüsterte sie. »Du bist doch mein süßer, schlauer Papa.«

Da fing ihre Mutter plötzlich auch ganz laut an zu schluchzen. »Meine Lari, meine liebe Lari«, stammelte sie immer wieder.

Es dauerte eine ganze Weile, bis sie sich beruhigten, und schließlich gab es nicht mehr genügend Taschentücher. So nahm Larissas Mutter einfach ein Geschirrtuch und trompetete hinein.

Da mussten alle drei so lachen, dass Larissa fast vom Stuhl kippte.

Der Kakao war gerade alle und Larissas Schluckauf verschwunden, als Lars von Swantjes Mutter nach Hause gebracht wurde.

Lars bekam einen schrecklichen Wutanfall, weil Larissa nichts für ihn übrig gelassen hatte, und so ging das Geschrei wieder von vorne los, dieses Mal war es allerdings Lars, der sich nicht mehr einkriegte. Zum Glück war noch genug Schokolade da, sodass am Ende des Tages niemand mehr weinte und alle erschöpft in ihre Betten sinken konnten.

Kurz bevor Larissa die Augen zufielen, schrieb sie eine WhatsApp an Luka.

Hey. Dein Zauberplektrum hat alles wieder ins Lot gebracht. Best spell ever. Lots of love from Lari.

18

BLOGTIME

Hallo, Welt!
Findet ihr spannend, was ich schreibe? Ich hoffe bloß, keiner meiner Lehrer liest hier heimlich mit. Sonst bin ich geliefert.
Stellt euch mal vor: Ich habe Luka geküsst. Also, erst hat er mich geküsst. Und seitdem küssen wir uns ständig. Wir haben uns sogar in der Schule geküsst. Aber nicht so wie Suse und Paul in der großen Pause auf dem Schulhof. Nein, wir haben uns heute genau um zehn Uhr zwischen dem ersten und zweiten Stockwerk verabredet, das fand ich echt abgefahren (war übrigens meine Idee). Ich musste dafür mitten in einer Kurvendiskussion aus dem Klassenzimmer rennen, um pünktlich zu sein. Herr Dr. Brehm hat aber keinen Ton gesagt und nicht mal mit der Wimper gezuckt, als ich erst nach einer Viertelstunde wiederauftauchte. Er ist immer noch stock-

sauer auf mich, weil ich das Praktikum bei *Lilac Tomatoes* machen werde. Obwohl mein Vater mit ihm telefoniert hat. Ich finde es deshalb gerade ein bisschen ungemütlich in Mathe. Aber da muss ich durch, sagt Luka. Er kennt das besser als ich, dass Lehrer auf ihn sauer sind. Man gewöhnt sich mit der Zeit daran, meint er.
In der zweiten großen Pause hat sich Frau Niketta meine Hosenentwürfe angeschaut und mir gezeigt, wie man ein paar Effekte so auf Papier kriegt, dass jeder kapiert, wie ich mir das Kleidungsstück vorstelle. Sie hat es wirklich drauf, und ich finde es schade, dass ihre Eltern nicht erlaubt haben, dass sie auf eine Kunstschule geht. Bestimmt wäre sie berühmt.
Meine Eltern sind auch nicht besonders begeistert von meinen Plänen mit der Modeschule. Aber wenigstens ticken sie nicht total aus und wollen abwarten, wie mir das Schulpraktikum gefällt.
Frau Niketta ist davon überzeugt, dass die Jury ausflippen wird, wenn sie meine Sommerhosen-Kollektion in die Finger kriegt. Ich bin mir leider gar nicht sicher. Habe wieder so einen Unsicherheitsflash. Ich hoffe, dass das irgendwann mal aufhört in meinem Leben. Gerade geht es wieder los.
Nee, nicht wegen des Wettbewerbs. Heute habe ich Panik wegen meinem Vater. Also, meinem Erzeuger – ich finde das Wort eigentlich doof, auch wenn es korrekt ist. Ich bin um drei mit ihm im Zoo ver-

abredet. War wieder so eine crazy Idee von mir. Ich habe einfach den erstbesten Ort gesagt, der mir einfiel. Ein Eis auf die Hand in Schöneberg hätte vielleicht für das erste Treffen auch gereicht. Dann könnte Suse ganz zufällig vorbeikommen, und ich würde mich nicht so alleine fühlen.
Mein letzter Zoobesuch ist schon vier Jahre her. Da war ich also elf.
Damals war ich in Tom verknallt. Tom war ganz verrückt nach Meeraffen (Pippi Langstrumpf hat so einen) und hing ständig im Zoo ab. Deshalb wünschte ich mir zum Geburtstag eine Jahreskarte.
Im Nachhinein eine ziemliche Pleite. Suse war stinksauer auf mich.
Wir haben in derselben Woche Geburtstag und hatten eigentlich ausgemacht, dass sich jeder von uns eine Bustour nach Disneyland in Paris wünscht, sodass wir zusammen fahren können.
Ich bin die ganzen Sommerferien im Zoo herumgelatscht, bei brütender Hitze. Tom hatte nämlich keine Lust auf Baden im Insulaner, weil er so schnell eine Sonnenallergie bekam. Am schönsten fand ich es bei den Pinguinen.
Am letzten Tag der Sommerferien zog er mit seiner Mutter nach Köln. Mein Zooeinsatz war also völlig umsonst gewesen. Weil ich keine Lust mehr auf Zoo hatte, verkaufte meine Mutter die Jahreskarte im Internet.

Na, und heute bin ich wieder dort. Mal gucken, ob die Meeräffchen immer noch da sind. Oh Mann. Ist ja schon total spät. Ich muss sofort los. See you.

Larissa hatte sich so in ihren Blog vertieft, dass sie die Zeit ganz vergessen hatte. Sie hatte keine Handynummer von Philip, und ihre Mutter war mit Lars in der Stadt.

Dann musste Philip eben ein paar Minuten warten. Wenn es ihm so wichtig war, sie zu treffen, würde er ja nicht gleich wieder weglaufen.

In Lichtgeschwindigkeit zog Larissa sich die sonnengelbe Jeans mit den aufgenähten Hippieblumen an und ein hellgrünes Shirt. Im letzten Augenblick schnappte sie sich ihre Jacke. Für später war Regen angesagt. Dann radelte sie davon.

Auch wenn vom Zoologischen Garten nicht mehr so viele Züge fuhren, waren noch jede Menge Touristen unterwegs. Für einen kurzen Schreckensmoment dachte Larissa, dass Philip tatsächlich nicht mehr da war. Aber dann entdeckte sie ihn inmitten einer Traube von Kindern an der Kasse. Larissa sprang von ihrem Fahrrad und kettete es hastig an einer Straßenlaterne fest. Schnell kämpfte sie sich durch die Menschenmenge zu ihm hin. »Hallo«, sagte sie noch ganz atemlos von der Fahrt. »Tut mir leid, dass ich so spät bin.«

Philip winkte ab. »Kein Problem. Hier ist ja was los.

Muss man immer so lange anstehen, oder gibt es da einen Trick?«

Larissa schüttelte verlegen den Kopf. »Ich war schon ewig nicht mehr hier.« Sie wartete stumm, bis er die Karten gekauft hatte.

»Geschafft«, sagte er, als sie endlich drinnen waren. Er sah sich neugierig um. »Wo willst du zuerst hin?«

Larissa zuckte ratlos mit den Achseln. »Einfach drauflos?«

»Gute Idee. Einfach drauflos ist immer gut.«

Sie entkamen geschickt der nächsten Menschenansammlung und schlugen einen schattigen Weg zu den Raubtieren ein.

»Schön, dass du gekommen bist«, sagte Philip schließlich.

»Kein Problem«, sagte Larissa.

Sie schaute konzentriert auf den steinigen Weg und sah sich selber dabei zu, wie sie einen Schritt vor den anderen setzte. Klar, das neben ihr war ihr Vater. Aber das war es nicht, was sie verwirrte. Sie musste die ganze Zeit daran denken, dass sie mit dem berühmten Fotografen Philip von Föhren durch den Zoo spazierte. Und genau das machte sie von Schritt zu Schritt unsicherer.

»Für mich ist es auch neu, dass ich plötzlich eine Tochter habe«, sagte Philip nach einer ganzen Weile. »Es muss dir nicht unangenehm sein, dass dich meine Existenz durcheinanderbringt.«

»Kein Problem«, wiederholte Larissa.

Kein Problem, kein Problem, hämmerte es in ihrem Kopf. Bin ich eigentlich total bescheuert? Kann ich nicht einfach normal reden?

»Wenn du etwas über mich wissen willst – du kannst mich wirklich alles fragen. Ich werde versuchen, es dir ehrlich zu beantworten.«

Sie erreichten das Löwengehege und blieben stehen. Zwei Junge balgten sich im staubigen Sand, die alten Löwen lagen müde herum.

»Die habe ich schon in freier Natur gesehen«, erzählte Philip. »Ohne Käfig.«

»Finde ich eigentlich auch besser«, sagte Larissa. »Eingesperrte Tiere tun mir meistens leid. Komm, wir gehen weiter. Ich will lieber die Giraffen angucken, aber auf keinen Fall die Meerkatzen.«

Sie liefen eine Weile stumm nebeneinanderher.

»Deine Mutter und ich hatten uns wirklich gern«, sagte Philip plötzlich. »Aber wir waren beide noch sehr jung, und deshalb haben wir uns immer häufiger gestritten. Und schließlich haben wir miteinander Schluss gemacht. Ich bin für eine ganze Weile nach Kanada gegangen und habe dort meine erste Fotoserie für ein Magazin gemacht. Dass Marlies ein Baby kriegte, wusste ich nicht. Sie hat es mir nicht gesagt. Bestimmt, weil sie so sauer auf mich war.« Er sah Larissa direkt an. »Es tut mir sehr leid. Aber vielleicht hast du ja trotzdem Lust, mich kennenzulernen. Das würde mich total freuen.«

Kein Problem, wollte Larissa sagen. Aber sie verkniff

es sich im allerletzten Augenblick und nickte stattdessen einfach.

Die unaufgeregte Art, in der Philip von Föhren mit ihr sprach, gefiel ihr, und sie war erleichtert, dass er nicht versuchte, die Vergangenheit zu beschönigen, sondern einfach sagte, wie es war.

»Ich will unbedingt auf eine Modeschule«, sagte sie plötzlich. »Mathe macht mir einfach nicht so viel Spaß wie Mode. Ich habe meinen Eltern gesagt, dass ich nicht auf das Internat gehen werde.« Sie wartete gespannt auf seine Reaktion.

»Auch gut«, antwortete er. »Es ist immer prima, zu wissen, was man will und was man nicht will. Das erspart einem jede Menge Stress. Passiert aber selten, sage ich dir. Besonders, wenn man alles Mögliche gut kann.« Er musterte sie von der Seite. »Hast du die Klamotten, die du anhast, selber genäht?«

»Ja«, antwortete Larissa stolz.

»Habe ich mir schon gedacht«, sagte er. »Sehen klasse aus, besonders die Hose. Ist richtige Fashion. So was kommt an da draußen.«

Larissa hob den Kopf. »Im Ernst?« Sie sah ihm zum ersten Mal direkt ins Gesicht. Keine Frage, er meinte es so. »Cool«, rief sie. »Danke.«

Philip lachte. »Ich sage nur die Wahrheit. Du hast übrigens schon einen ersten Fan. Der Junge da am Giraffengehege hinter dir hat gerade heimlich ein paar Fotos von dir gemacht. Und ehrlich gesagt kann ich es ihm nicht übel nehmen. Du bist eindeutig das interessantere Motiv.«

Larissa fuhr herum. »Luka!«, rief sie überrascht. »Aber das ist ja Luka.«

»Ach, du kennst den Herrn? Noch besser.«

Larissa winkte Luka aufgeregt herbei. »Klar kenne ich ihn. Das ist mein Freund!«

Zum ersten Mal guckte Philip von Föhren überrascht. »Einen Freund hast du also auch schon? **Oh boy.** Da bin ich ja wirklich auf den letzten Drücker in deinem Leben aufgetaucht, bevor ich alles verpasse.«

»Luka – Philip«, stellte Larissa die beiden einander vor, während sie sich die Hand gaben.

»Lass mich raten«, sagte Philip zu Luka. »Du dachtest, du passt mal besser auf, wenn deine Freundin sich mit einem wildfremden Typen im Zoo trifft, stimmt's?«

Luka nickte. »So ähnlich.«

»Luka ist aber auch ein Riesenfan von dir«, ergänzte Larissa. Seit Luka aufgetaucht war, hatte sie überhaupt keine Probleme mehr, sich mit ihrem Vater normal zu unterhalten. »Ihr habt euch übrigens vor ein paar Tagen kurz im Treppenhaus von der Villa gesehen.«

»Fan?«, wiederholte Philip.

»Ich fotografiere total gerne«, sagte Luka verlegen. »Ich habe jede Menge Fotobände von Ihnen.«

»Wow«, sagte Philip beeindruckt. »Wenn du willst, gucke ich mir mal ein paar Fotos von dir an. Manchmal helfen schon ein paar kleine Kniffe, um Bilder zu verbessern.«

»Gerne!« Luka strahlte. »Verdammt gerne.«

»Aber mindestens genauso gerne würde ich deine Entwürfe sehen, Larissa«, fuhr Philip fort. »Wie machst du das denn? Schneiderst du drauflos, oder entwirfst du die Modelle vorher auf Papier?«

»Sie zeichnet nonstop«, antwortete Luka für Larissa. »Und ein Teil sieht cooler aus als das andere. Wirklich krass. Wenn Lari nicht den Design-Wettbewerb gewinnt, dann weiß ich auch nicht.« Er sah sie an.

»Wettbewerb? Was für ein Wettbewerb?« Philip war hellhörig geworden. »Kann ich da vielleicht irgendwie helfen?«

Larissa schüttelte den Kopf. »Pst! Am besten, du vergisst das gleich wieder. Kein Support. Das schaffe ich ganz alleine!«

BLOGTIME

Hallo, Welt!

Das Treffen mit meinem Erzeuger war viel besser, als ich dachte.

Aber so richtig cool wurde es erst, als Luka auftauchte.

Vorher war es, ehrlich gesagt, sogar ziemlich krampfig.

Wir waren später sogar noch bei Inka Eis essen und haben zusammen im Lassenpark gesessen und ziemlich cool gequatscht. Wenn Philip in Fahrt kommt, erzählt er jede Menge witzige Geschichten darüber,

was einem so passiert, wenn man als Fotograf um den Erdball düst.
Zwischendurch habe ich ganz vergessen, dass er mein Vater ist, und das fand ich echt entspannend. Denn ich habe ja schon einen, und das reicht eigentlich. Trotzdem finde ich gut, dass ich Philip kennengelernt habe, und ich hab auch Lust, ihn öfter zu treffen. Er hat eine Freundin, und die hat einen Sohn. Aber das lasse ich erst mal easy angehen. Das wäre mir gerade echt zu viel.
Meine Sommerhosen-Modelle habe ich gestern zur Post gebracht.
Und jetzt bin ich richtig gespannt. Wie soll ich die nächsten Wochen bis zur Entscheidung nur überleben? Na, bald geht erst mal das Praktikum bei *Lilac Tomatoes* los, da habe ich genug zu tun und kann mich ablenken. Und dann gucken wir mal.
Also: Alles easy.
Sobald es Neuigkeiten gibt, melde ich mich wieder. Jetzt muss ich dringend den Kaftan für Luka nähen. Ich habe auf dem Flohmarkt einen abgefahrenen Stoff dafür gefunden und lege gleich mal los. Dieser süße Junge hat es nämlich wirklich verdient.
See you soon!
Eure Lari

ENDE

Pink